罗立刚◎编注

多情自古伤离别·柳永词

人民文学出版社

图书在版编目(CIP)数据

多情自古伤离别:柳永词/罗立刚编注.
—2版.—北京:人民文学出版社,2016
 (恋上古诗词:版画插图版)
 ISBN 978-7-02-012167-0

Ⅰ.①多… Ⅱ.①罗… Ⅲ.①柳永(约987—1053)-宋词-诗歌欣赏 Ⅳ.①I207.23

中国版本图书馆CIP数据核字(2016)第268687号

责任编辑:葛云波
特约策划:尚 飞
装帧设计:高静芳

出版发行　人民文学出版社
社　　址　北京市朝内大街166号
邮政编码　100705
网　　址　http://www.rw-cn.com

印　　刷　山东德州新华印务有限责任公司
经　　销　全国新华书店等

开　　本　890毫米×1240毫米　1/32
印　　张　9
插　　页　2
字　　数　195千字
版　　次　2011年5月北京第1版　2017年1月北京第2版
印　　次　2017年1月第1次印刷

书　　号　978-7-02-012167-0
定　　价　34.00元

如有印装质量问题,请与本社图书销售中心调换。电话:010-65233595

前言

才子词人，自是白衣卿相。柳永这么自评，可谓一语中的。

重读《乐章集》（以薛瑞生先生校注者为底本，部分注释也作为参考，此致谢忱），产生一种很深刻的感觉，让我觉得读懂了这位千年以前的下层文士的彼时心境：人生本来枯寂，像是在全然懵懂的时候，便随着众人上路，也准备按着众人的路走下去，求仕、为官、室家，不愿意狎邪，也无意狂放（他的词中怎么着也看不出这一点来），而命运竟让他在多舛的途中与她相遇，那位被他称为"蕙质兰心"的女子，给了他一驿站的阳光，虽然照不亮他整个儿灰暗的人生，却从此牵起难以止息的执着相思。没有爱的暴力和彼此厮守的倦怠，一点恩爱牵挂平生。帝里的风光，平康的罗绮，旅途的困窘，宦海的茫然，抵不上一笑一颦的勾心摄魄，每遇新奇之景，便想着与之共享，落寞的情怀中，便会怜想她的孤寂，就算是花丛中的放纵，也只不过借着眼前的美貌，释放相思的渴望吧。于是词情便刻骨铭心，纵然写到床笫欢娱，也是坦然毫无顾忌的，同时渗透着悲苦的相思。这是我重读柳词所产生的整体印象。

呵护的执着,绽放的是难以扼制的酸楚。品味的深挚,难道就是为了一抹感伤的泪珠?读他的词,不必求全,有一句真正打动了心,就已经够了。

如今,权威的辞书这样介绍柳永:

柳永(?—约1053),北宋词人。原名三变,字景庄。后改名永,字耆卿,排行第七,崇安(今属福建)人。景祐进士。官屯田员外郎。世称柳七、柳屯田。为人放荡不羁,终身潦倒。其词多描绘城市风光和歌妓生活,尤长于抒写羁旅行役之情。创作慢词独多。铺叙刻画,情景交融,语言通俗,音律谐婉,在当时流传很广,对宋词的发展有一定影响。但作品中时有颓废思想和庸俗情趣。诗仅存数首,《煮海歌》描写盐民贫苦生活,甚痛切。有《乐章集》。

晓风残月当中,岸边的杨柳,千载之后,依旧是寂然茫然地飘荡。

目录

前言

黄莺儿（园林晴昼春谁主） 1

玉女摇仙佩（飞琼伴侣） 3

雪梅香（景萧索） 6

尾犯（夜雨滴空阶） 7

早梅芳（海霞红） 8

斗百花（飒飒霜飘鸳瓦） 10

斗百花（煦色韶光明媚） 12

斗百花（满搦宫腰纤细） 13

甘草子（秋暮） 14

甘草子（秋尽） 15

送征衣（过韶阳） 16

昼夜乐（洞房记得初相遇） 18

昼夜乐（秀香家住桃花径） 19

柳腰轻（英英妙舞腰肢软） 20

西江月（凤额绣帘高卷） 22

倾杯乐（禁漏花深） 23

笛家弄（花发西园） 25

倾杯乐(皓月初圆)	27
迎新春(嶰管变青律)	28
曲玉管(陇首云飞)	30
满朝欢(花隔铜壶)	31
梦还京(夜来匆匆饮散)	33
凤衔杯(有美瑶卿能染翰)	34
凤衔杯(追悔当初孤深愿)	34
鹤冲天(闲窗漏永)	35
受恩深(雅致装庭宇)	36
看花回(屈指劳生百岁期)	37
看花回(玉墄金阶舞舜干)	38
柳初新(东郊向晓星杓亚)	40
两同心(嫩脸修蛾)	41
两同心(伫立东风)	42
女冠子(断云残雨)	43
玉楼春(昭华夜醮连清曙)	44
玉楼春(凤楼郁郁呈嘉瑞)	45
玉楼春(皇都今夕知何夕)	47
玉楼春(星闱上笏金章贵)	48
玉楼春(阆风歧路连银阙)	50

金蕉叶（厌厌夜饮平阳第）	52
惜春郎（玉肌琼艳新妆饰）	53
传花枝（平生自负）	54
雨霖铃（寒蝉凄切）	55
定风波（伫立长堤）	61
尉迟杯（宠佳丽）	62
慢卷䌷（闲窗烛暗）	63
征部乐（雅欢幽会）	64
佳人醉（暮景萧萧雨霁）	65
迷仙引（才过笄年）	66
御街行（燔柴烟断星河曙）	67
御街行（前时小饮春庭院）	69
归朝欢（别岸扁舟三两只）	70
采莲令（月华收）	71
秋夜月（当初聚散）	72
巫山一段云（六六真游洞）	73
巫山一段云（琪树罗三殿）	75
巫山一段云（清旦朝金母）	76
巫山一段云（阆苑年华永）	78
巫山一段云（萧氏贤夫妇）	79

词牌	页码
婆罗门令（昨宵里、恁和衣睡）	80
法曲献仙音（追想秦楼心事）	81
西平乐（尽日凭高目）	83
凤栖梧（帘内清歌帘外宴）	84
凤栖梧（伫倚危楼风细细）	85
凤栖梧（蜀锦地衣丝步障）	86
法曲第二（青翼传情）	87
秋蕊香引（留不得）	88
一寸金（井络天开）	89
永遇乐（薰风解愠）	91
永遇乐（天阁英游）	94
卜算子（江枫渐老）	97
鹊桥仙（届征途）	98
浪淘沙（梦觉、透窗风一线）	99
夏云峰（宴堂深）	100
浪淘沙令（有个人人）	101
荔枝香（甚处寻芳赏翠）	102
古倾杯（冻水消痕）	103
倾杯（离宴殷勤）	104
破阵乐（露花倒影）	106

双声子(晚天萧索)	109
阳台路(楚天晚)	110
内家娇(煦景朝升)	111
二郎神(炎光谢)	112
醉蓬莱(渐亭皋叶下)	115
宣清(残月朦胧)	118
锦堂春(坠髻慵梳)	120
定风波(自春来)	120
诉衷情近(雨晴气爽)	122
诉衷情近(景阑昼永)	123
留客住(偶登眺)	123
迎春乐(近来憔悴人惊怪)	124
隔帘听(咫尺凤衾鸳帐)	125
凤归云(恋帝里)	126
抛球乐(晓来天气浓淡)	127
集贤宾(小楼深巷狂游遍)	129
殢人娇(当日相逢)	130
思归乐(天幕清和堪宴聚)	131
应天长(残蝉渐绝)	132
合欢带(身材儿、早是妖娆)	133

少年游(长安古道马迟迟)	135
少年游(参差烟树灞陵桥)	136
少年游(层波潋滟远山横)	137
少年游(世间尤物意中人)	137
少年游(淡黄衫子郁金裙)	138
少年游(铃斋无讼宴游频)	139
少年游(帘垂深院冷萧萧)	140
少年游(一生赢得是凄凉)	140
少年游(日高花谢懒梳头)	141
少年游(佳人巧笑值千金)	141
长相思(画鼓喧街)	142
尾犯(晴烟幂幂)	143
木兰花(心娘自小能歌舞)	145
木兰花(佳娘捧板花钿簇)	146
木兰花(虫娘举措皆温润)	147
木兰花(酥娘一搦腰肢袅)	148
驻马听(凤枕鸾帷)	149
诉衷情(一声画角日西曛)	150
戚氏(晚秋天)	151
轮台子(一枕清宵好梦)	153

引驾行(虹收残雨) 155

望远行(绣帏睡起) 157

彩云归(蘅皋向晚舣轻航) 158

洞仙歌(佳景留心惯) 158

离别难(花谢水流倏忽) 160

击梧桐(香靥深深) 162

夜半乐(冻云黯淡天气) 163

祭天神(欢笑筵歌席轻抛弹) 165

过涧歇近(淮楚) 166

安公子(长川波潋滟) 169

菊花新(欲掩香帏论缱绻) 169

过涧歇近(酒醒) 170

轮台子(雾敛澄江) 171

望汉月(明月明月明月) 172

归去来(初过元宵三五) 173

燕归梁(织锦裁篇写意深) 173

八六子(如花貌) 174

长寿乐(尤红殢翠) 176

望海潮(东南形胜) 177

如鱼水(轻霭浮空) 181

如鱼水(帝里疏散)	182
玉蝴蝶(望处雨收云断)	183
玉蝴蝶(渐觉芳郊明媚)	185
玉蝴蝶(是处小街斜巷)	187
玉蝴蝶(误入平康小巷)	188
玉蝴蝶(淡荡素商行暮)	189
满江红(暮雨初收)	191
满江红(访雨寻云)	192
满江红(万恨千愁)	193
满江红(匹马驱驱)	194
洞仙歌(乘兴,闲泛兰舟)	195
引驾行(红尘紫陌)	196
望远行(长空降瑞)	198
八声甘州(对潇潇、暮雨洒江天)	200
临江仙(梦觉小庭院)	204
竹马子(登孤垒荒凉)	205
小镇西(意中有个人)	206
小镇西犯(水乡初禁火)	207
迷神引(一叶扁舟轻帆卷)	208
促拍满路花(香靥融春雪)	209

六么令（淡烟残照）	210
剔银灯（何事春工用意）	211
红窗听（如削肌肤红玉莹）	212
临江仙（鸣珂碎撼都门晓）	213
凤归云（向深秋）	214
女冠子（淡烟飘薄）	215
玉山枕（骤雨新霁）	217
减字木兰花（花心柳眼）	218
木兰花令（有个人人真堪羡）	218
甘州令（冻云深）	219
西施（苎萝妖艳世难偕）	220
西施（柳街灯市好花多）	221
西施（自从回步百花桥）	222
河传（翠深，红浅）	223
河传（淮岸，向晚）	224
郭郎儿近（帝里）	225
透碧霄（月华边）	226
木兰花慢（倚危楼伫立）	228
木兰花慢（拆桐花烂漫）	229
木兰花慢（古繁华茂苑）	231

临江仙引(渡口、向晚)	233
临江仙引(上国、去客)	234
瑞鹧鸪(宝髻瑶簪)	234
瑞鹧鸪(吴会风流)	236
忆帝京(薄衾小枕凉天气)	237
塞孤(一声鸡)	238
瑞鹧鸪(天将奇艳与寒梅)	239
瑞鹧鸪(全吴嘉会古风流)	241
洞仙歌(嘉景)	242
安公子(远岸收残雨)	243
安公子(梦觉清宵半)	245
长寿乐(繁红嫩翠)	246
倾杯(水乡天气)	247
倾杯(金风淡荡)	249
倾杯(鹜落霜洲)	250
鹤冲天(黄金榜上)	252
木兰花(翦裁用尽春工意)	255
木兰花(东风催露千娇面)	255
木兰花(黄金万缕风牵细)	256
倾杯乐(楼锁轻烟)	257

祭天神(忆绣衾相向轻轻语) 258

鹧鸪天(吹破残烟入夜风) 260

归去来(一夜狂风雨) 260

梁州令(梦觉纱窗晓) 261

燕归梁(轻蹑罗鞋掩绛绡) 262

夜半乐(艳阳天气) 263

迷神引(红板桥头秋光暮) 264

爪茉莉(每到秋来) 265

十二时(晚晴初) 266

红窗迥(小园东) 268

凤凰阁(匆匆相见) 269

西江月(师师生得艳冶) 269

西江月(调笑师师最惯) 270

如梦令(郊外绿阴千里) 271

黄莺儿

园林晴昼春谁主。暖律潜催①,幽谷暄和②,黄鹂翩翩,乍迁芳树。观露湿缕金衣③,叶映如簧语④。晓来枝上绵蛮⑤,似把芳心、深意低诉。无据。乍出暖烟来,又趁游蜂去。恣狂踪迹,两两相呼,终朝雾吟风舞。当上苑柳浓时⑥,别馆花深处⑦。此际海燕偏饶⑧,都把韶光与。

注释

① 暖律潜催:阳气按律而动,暗催万物萌生。
② 暄和:即暖和。暄,温暖。
③ 缕金衣:即金缕衣,以金丝织成的衣服,此或指缀有金饰的衣服。
④ 如簧语:喻指黄莺婉转的啼鸣。《诗经·小雅·巧言》:"巧言如簧。"
⑤ 绵蛮:鸟鸣声。《诗经·小雅·绵蛮》形容黄莺鸣叫:"绵蛮黄鸟,止于丘阿。"
⑥ 上苑:帝王的园囿,即禁苑。
⑦ 别馆:偏馆,便馆,此指别殿、偏殿。
⑧ 偏饶:偏偏多出来,偏又增多。

《黄莺儿》（园林晴昼春谁主）

辑评

清黄苏《蓼园词评》：翩翩公子，席宠承恩，岂海岛孤寒能与伊争韶光哉。语意隐有所指，而词旨颖发，秀气独饶，自然清隽。

清邹祗谟《远志斋词衷》"胡元瑞意见有偏"条：胡元瑞又云："升庵论曲中《黄莺儿》、《素带儿》，亦咏莺咏带者，尤非。莺以喻声，带以寓情耳。"愚按：词中亦有《黄莺儿》，柳永《乐章集》第一首即是咏莺，何胡见之偏也。大约此等处刻于弹射，输攻墨守，徒劳摇鼙，与词理正自径庭。

玉女摇仙佩

飞琼伴侣①，偶别珠宫②，未返神仙行缀③。取次梳妆④，寻常言语，有得几多姝丽⑤。拟把名花比。恐旁人笑我，谈何容易。细思算，奇葩艳卉，惟是深红浅白而已。争如这多情⑥，占得人间，千娇百媚。　　须信画堂绣阁，皓月清风，忍把光阴轻弃。自古及今，佳人才子，少得当年双美。且恁相偎倚。未消得⑦，怜我多才多艺。愿奶奶、兰心蕙性⑧，枕前言下，表余深意。为盟誓。今生断不孤鸳被。

《玉女摇仙佩》（飞琼伴侣）

注释

① 飞琼:许飞琼,传说中的仙女,为西王母侍女。《汉武帝内传》记,西王母与武帝相会时:"乃命侍女王子登弹八琅之璈,又命侍女董双成吹云和之笙,石公子击昆庭之金,许飞琼鼓震灵之簧,婉凌华拊五灵之石,范成君击湘阴之磬,段安香作九天之钧。"

② 珠宫:仙女所居的宫殿。《云笈七签》卷二十二《总说天地五方》载:"中国直下,极大风泽,去地五百二十亿万里,纲维地源,制使不落,土色如金之精,中国音则铭太和宝真无量之国。中岳昆仑,即据其中央,诸天之别名,上有玄圃七宝珠宫,与天交端,上真飞仙之馆。中国周回百二十亿万里,其国人形长九尺,皆学导引之术,寿一千二百岁。"

③ 行缀:行列。

④ 取次:随便,或潦草、草率。

⑤ 姝(shū)丽:美女。姝,美丽,美好。

⑥ 争如:怎如,怎么比得上。

⑦ 未消得:即消不得、禁不起或当不起的意思。

⑧ 奶奶:也作"妳妳",对女子的尊称。兰心蕙性:兰蕙心性,形容心地美好善良。

辑评

清沈谦《填词杂说》"柳词翻旧为新"条:"云想衣裳花想容",

此是太白佳境。柳屯田"拟把名花比。恐旁人笑我,谈何容易",大畏唐突,尤见温存,又可悟翻旧为新之法。

清沈雄《古今词话·词品下卷》:粗鄙之流为调笑,调笑之变为谀媚,是也……柳耆卿"愿奶奶、兰心蕙性,枕前言下,表余深意"。所以"消魂当此际",来苏长公之诮也。

王国维《人间词话·人间词话删稿》"六一《蝶恋花》"条:《蝶恋花》"独倚危楼"一阕,见《六一词》,亦见《乐章集》。余谓:屯田轻薄子,只能道"奶奶兰心蕙性"耳。

雪梅香

景萧索,危楼独立面晴空。动悲秋情绪,当时宋玉应同①。渔市孤烟袅寒碧,水村残叶舞愁红。楚天阔,浪浸斜阳,千里溶溶。　　临风。想佳丽,别后愁颜,镇敛眉峰②。可惜当年,顿乖雨迹云踪③。雅态妍姿正欢洽,落花流水忽西东。无憀恨④,相思意,尽分付征鸿⑤。

注释

① "动悲秋"二句:宋玉《九辩》首句为:"悲哉,秋之为气也。"后

人常将悲秋情绪与宋玉相联系。宋玉,战国时人,辞赋家。
② 镇敛眉峰:双眉紧锁的样子。
③ 雨迹云踪:男女欢爱。宋玉《高唐赋》中写楚王与巫山神女欢会,神女称自己"旦为朝云,暮为行雨"。
④ 无憀:无聊。
⑤ 分付征鸿:托付给征鸿,即凭书信相互问候。古时有鸿雁传书的故事,故以征鸿代书信。

辑评

清周济《宋四家词选目录序论·附录》"柳永"条:《雪梅香》"景萧索"本阕结句似在"意"字逗。

清邓廷桢《双砚斋词话》"柳词"条:柳耆卿以词名景祐、皇祐间。《乐章集》中冶游之作居其半,率皆轻浮猥媟,取誉筝琶。如当时人所讥,有教坊丁大使意。惟《雨霖铃》之"今宵酒醒何处,杨柳岸、晓风残月",《雪梅香》之"渔市孤烟袅寒碧",差近风雅……昔东坡读孟郊诗作诗云:"寒灯照昏花,佳处时一遭。孤芳擢荒秽,苦语余诗骚。"吾于屯田词亦云。

尾 犯

夜雨滴空阶,孤馆梦回,情绪萧索。一片闲愁,想丹青难貌。秋渐老①、蛩声正苦,夜将阑、灯花旋落。最无端处②,总把良宵,只恁孤眠却。　　佳人应怪我,别后寡信轻诺③。记得当初,翦香云为约④。甚时向、幽闺深处,按新词、流霞共酌⑤。再同欢笑,肯把金玉珍珠博。

注释

① 秋渐老:渐渐秋深的意思。
② 无端:无缘无故。
③ 寡信轻诺:随便许诺,很少讲信用。随便用言语哄骗的意思。
④ 翦香云:剪下一绺头发。古代女子与情人相别,因情无所托,即剪发以赠。香云,指女子的头发。
⑤ 流霞:仙酒名。晋葛洪《抱朴子·祛惑》载,项曼都入山学仙,称"仙人但以流霞一杯,与我饮之,辄不饥渴"。

早梅芳

海霞红,山烟翠。故都风景繁华地。谯门画戟①,下临万井②,金碧楼台相倚。芰荷浦溆,杨柳汀洲，映虹桥倒影③，兰舟飞棹，游人聚散，一片湖光里。　　汉元侯，自从破虏征蛮，峻陟枢庭贵④。筹帷厌久⑤，盛年昼锦⑥，归来吾乡我里。铃斋少讼⑦，宴馆多欢，未周星⑧，便恐皇家，图任勋贤⑨，又作登庸计⑩。

注释

① 谯门画戟：建有望楼的城门。画戟，即门戟。古代宫门及显贵之家，门前列戟以示威武，因戟上有画饰，故称。

② 万井：形容街市繁华。古代街市纵横排列有序，如井字状，故称。

③ 虹桥：即拱桥，因状如彩虹，故称。

④ "汉元侯"三句：用张既故事，颂为国征战，建立功勋而仕途显贵。《三国志·魏书·张既传》载：张既曾辅曹操定关中，且数次平定匈奴和胡羌的叛乱，先后被任命为雍州、凉州刺史，封为武始亭侯、都乡侯、西乡侯。元侯，论功称首的诸侯。

⑤ 筹帷厌久：对长期待在军中感到厌倦。筹帷，在军帐中筹划谋略、运筹帷幄的意思。

⑥ 昼锦：即衣锦还乡的意思。《三国志·魏书·张既传》载：张既以军功封侯，"魏国既建，为尚书，出为雍州刺史。太祖谓既曰：'还君本州，可谓衣绣昼行矣。'"

⑦ 铃斋：即铃阁，将帅所居之所。

⑧ 周星:一周年。
⑨ 图任勋贤:按图画的形象选任勋臣贤才。《汉书·苏武传》载:"甘露三年,单于始入朝。上思股肱之美,乃图画其人于麒麟阁,法其形貌,署其官爵姓名。"
⑩ 登庸:选拔任用。庸,即"用"。

斗百花

飒飒霜飘鸳瓦①,翠幕轻寒微透,长门深锁悄悄②,满庭秋色将晚。眼看菊蕊③,重阳泪落如珠,长是淹残粉面。鸾辂音尘远④。　　无限幽恨,寄情空殢纨扇⑤。应是帝王,当初怪妾辞辇⑥。陡顿今来⑦,宫中第一妖娆,却道昭阳飞燕⑧。

注释

① 鸳瓦:成对的瓦。《三国志·魏书·方技传·周宣传》载:"文帝问宣曰:'吾梦殿屋两瓦堕地,化为双鸳鸯,此何谓也?'"后遂因瓦仰覆相扣而称鸳鸯瓦,简称鸳瓦。
② 长门:汉代宫殿名。史载,汉武帝陈皇后因妒被疏,居长门宫。皇后闻司马相如工为文,奉黄金百斤请相如为悲愁之辞

以悟武帝,后复得幸。此借指被弃女子居处。

③ 菊蕊:即菊花。

④ 鸾辂(lù):鸾车,古时指天子王侯所乘之车。辂,古代车辕上用来牵引车子的横木,引申为古代的大车,多指帝王所用。

⑤ 空䬼(tì)纨扇:白白地以纨扇为念。汉班婕妤有《怨诗》:"新裂齐纨素,鲜洁如霜雪。裁为合欢扇,团团似明月。出入君怀袖,动摇微风发。常恐秋节至,凉风夺炎热。弃捐箧笥中,恩情中道绝。"以纨扇为喻,寄托失宠担忧。空䬼,空恋,白白怀念。

⑥ "当初"句:只怪自己当初辞谢了与君王同辇而载的要求。《汉书·外戚传》载:"孝成班倢伃,帝初即位,选入后宫。始为少使,俄而大幸,为倢伃,居增成舍,再就馆,有男,数月失之。成帝游于后庭,尝欲与倢伃同辇载。倢伃辞曰:'观古图画,圣贤之君皆有名臣在侧,三代末主乃有嬖女,今欲同辇,得无近似之乎?'上善其言而止……其后赵飞燕姊弟亦从自微贱兴,逾越礼制,寖盛于前。班倢伃及许皇后皆失宠,稀复进见。"

⑦ 陡顿:居然,竟至于。今来:现如今,现在。

⑧ 昭阳飞燕:昭阳,汉宫殿名。飞燕,即赵飞燕。《汉书·外戚传》:"孝成赵皇后,本长安宫人。初生时,父母不举,三日不死,乃收养之。及壮,属阳阿主家,学歌舞,号曰飞燕。成帝尝微行出,过阳阿主,作乐。上见飞燕而说之,乃入宫,大幸。"据考赵飞燕入宫后,并不居昭阳宫,而是其妹居昭阳宫。后人常以飞

燕姐妹皆得成帝大幸与班婕妤失宠对比,借昭阳宫与班婕妤失宠后所居长信宫对举,所以将昭阳宫与赵飞燕相联系。

斗百花

煦色韶光明媚①。轻霭低笼芳树。池塘浅蘸烟芜②,廉幕闲垂风絮。春困厌厌③,抛掷斗草工夫④,冷落踏青心绪。终日扃朱户。　　远恨绵绵,淑景迟迟难度⑤。年少傅粉⑥,依前醉眠何处。深院无人,黄昏乍拆秋千,空锁满庭花雨。

注释

① 韶光明媚:即春光明媚。
② "池塘"句:池塘里淡淡地映出烟雾迷蒙的平野。浅蘸,指淡淡地倒映出。
③ 春困厌厌:春日困倦。厌厌,倦怠无聊。
④ 斗草:古代的一种游戏。古人有在春天踏青时斗草为戏的习俗。见梁宗懔《荆楚岁时记》。
⑤ 淑景:美好的时光。
⑥ 年少傅粉:美男子。《语林》记载:"何平叔(即何晏)美姿仪而

绝白,魏明帝疑其傅粉。夏日与热汤饼。既啖,大汗随出,以朱衣自拭,色转皎然。"

辑评

清丁绍仪《听秋声馆词话》卷十"冯登府词"条:冯柳东大令,谓柳永《斗百花》"终日扃朱户",应作换头起句。《词综》误属上阕。

清先著、程洪《词洁辑评》卷三:"煦色韶光明媚":匀稳工整,在柳词已是上乘。

斗百花

满搦宫腰纤细①。年纪方当笄岁②。刚被风流沾惹③,与合垂杨双髻④。初学严妆,如描似削身材,怯雨羞云情意⑤。举措多娇媚⑥。　　争奈心性,未会先怜佳婿。长是夜深,不肯便入鸳被。与解罗裳,盈盈背立银釭⑦,却道你但先睡。

注释

① "满搦(nuò)"句:腰细到一把可以握住,形容腰纤细。搦,持,拿着。宫腰,即楚腰。《后汉书·马廖传》载:"楚王好细腰,

宫中多饿死。"
② 当笄(jī)岁:女子应该簪发的年龄,即十五岁。《礼记·内则》:"女子……十有五年而笄。"
③ 风流沾惹:沾惹上风流事,指萌生男女相恋的感情。
④ 垂杨双髻:指绾合双髻后,仍有少量头发下垂如杨柳飘拂。
⑤ 怯雨羞云:羞怯于云雨,意思是对男女欢爱心存羞怯。云雨,即朝云暮雨。战国宋玉《高唐赋》载:楚王游高唐,梦与神女欢会,临别时神女称:"妾在巫山之阳,高丘之阻。旦为朝云,暮为行雨。朝朝暮暮,阳台之下。"
⑥ 举措:举止,举动。
⑦ 银釭(gāng):银灯,灯的美称。釭,灯。

甘草子

秋暮。乱洒衰荷,颗颗真珠雨。雨过月华生,冷彻鸳鸯浦①。　　池上凭阑愁无侣。奈此个、单栖情绪。却傍金笼教鹦鹉。念粉郎言语②。

注释

① 鸳鸯浦:有鸳鸯栖止的池塘,这里泛指池塘。

② 粉郎：美男子。《语林》记载："何平叔（即何晏）美姿仪而绝白，魏明帝疑其傅粉。夏日与热汤饼。既啖，大汗随出，以朱衣自拭，色转皎然。"这里指所恋男子。

辑评

清沈雄《古今词话·词品》下卷引《金粟词话》：柳耆卿"却傍金笼教鹦鹉，念粉郎言语"，《花间》之丽句也……两公生平无此等词，直是竿头进步，若近似俳体，则流为秽亵矣。

清冯金伯《词苑萃编》卷之九引《艺苑雌黄》"山谷词鄙俚"条：耆卿"却傍金笼教鹦鹉，念粉郎言语"，《花间》之丽句也……如齐、梁乐府"雾露拥鞭蓉，明灯照空局"，何等蕴藉，乃沿为如此语乎。

甘草子

秋尽。叶翦红绡，砌菊遗金粉①。雁字一行来，还有边庭信②。　　飘散落花清风紧。动翠幕、晓寒犹嫩③。中酒残妆整顿④。聚两眉离恨。

注释

① 菊遗金粉：秋日已尽，秋菊花败粉落。金粉，此指菊花的花

粉,因颜色金黄,故称。
② "雁字"二句:大雁成群飞来,带来了远方的音信。汉代苏武出使匈奴被扣留,遣至荒漠牧羊。后来汉与匈奴和好,汉使谎称天子狩猎得雁足书,知苏武没死。匈奴只好将苏武放归。后诗词中常用大雁传递书信典。雁字,大雁群飞,排列成行,或为"一"字或为"人"字。边庭,这里指边远地方。
③ 晓寒犹嫩:拂晓时的寒气轻微。嫩,轻,微。
④ 中酒:醉酒,病酒。

送征衣

过韶阳。璇枢电绕,华渚虹流①,运应千载会昌。馨寰宇、荐殊祥。吾皇。诞弥月,瑶图缵庆②,玉叶腾芳③。并景贶、三灵眷祐④,挺英哲、掩前王。遇年年、嘉节清和,颁率土称觞⑤。　　无间要荒华夏,尽万里、走梯航⑥。彤庭舜张大乐,禹会群方⑦。鹓行⑧。望上国,山呼鳌抃⑨,遥爇炉香。竟就日、瞻云献寿,指南山、等无疆⑩。愿巍巍、宝历鸿基,齐天地遥长。

注释

① "璇枢"二句:帝王诞生时的祥瑞之兆。《古微书》卷三十三载:"黄帝名轩,北斗黄神之精。母,地祇之女附宝,之郊野,大电绕枢斗星耀感附宝,生轩,胸文曰黄帝子。"《古微书》卷六载:"黄帝时,大星如虹,下流华渚。女节梦接意感,生白帝朱宣。"璇枢,指北斗。华渚,传说中的地名。

② 瑶图缵(zuǎn)庆:皇业有继,普天同庆。瑶图,指帝王家将来的图景,即帝业,也指帝王的谱系。缵,继承,延续。

③ 玉叶腾芳:玉叶当中又开放出芳香之花,指皇族中出生杰出人物。玉叶,即金枝玉叶,代指皇族。

④ 并景贶(kuàng)、三灵眷祐:上天眷顾赐福之意。三灵,古人以天地人为三灵。贶,赐,赠。

⑤ 率土称觞:国境之内安乐和谐的样子。率土,国之四境,国之全境。称觞,举杯相庆。

⑥ "无间"二句:不论是荒远之地还是华夏中原,都不远万里,翻山渡海而来。要荒,僻远之地。《尚书·禹贡》分疆域为甸、侯、绥、要、荒五服,每服五百里。要、荒为僻远之疆域。梯航,梯山航海,即遇山以梯接,遇海以船渡。

⑦ "彤庭"二句:这里以舜、大禹喻宋朝皇帝,称赞其在朝廷演奏和美之乐,宴飨四方宾朋。《尚书·益稷》载:"箫韶九成,凤皇来仪。"即指舜致教平而乐音和,君圣臣贤,天下大治。《尚书·虞书·大禹谟》记大禹曾大会诸侯,共伐有苗。

⑧ 鹓行:朝拜时如鹓鹭般整齐有序。

⑨ 山呼鳌抃:呼声动山,拜舞如鳌,状群臣庆贺盛况。
⑩ "竟就日"二句:终归于向皇帝进献寿礼,祝福寿比南山无疆。就日、瞻云,指瞻视天子容颜。《史记·五帝本纪》载:"帝尧者,放勋。其仁如天,其知如神。就之如日,望之如云。"南山,《诗经·小雅·南山有台》:"南山有台,北山有莱。乐只君子,邦家之基。乐只君子,万寿无期。"为祝寿之歌。

辑评

清沈雄《古今词话·词品》上卷"详韵"条:柳永《送征衣》词,本"江"、"讲"韵,而末用"遥"字。当是古人误处,未宜因以为例,所以不能概责之后来也。

昼夜乐

洞房记得初相遇。便只合、长相聚。何期小会幽欢,变作离情别绪。况值阑珊春色暮①。对满目、乱花狂絮。直恐好风光,尽随伊归去。 一场寂寞凭谁诉。算前言,总轻负。早知恁地难拚②,悔不当时留住。其奈风流端正外③,更别有、系人心处。一日不思量,也攒眉千度④。

注释

① 阑珊:衰败,迟暮。
② 难拚(pàn):难舍。
③ 风流端正:这里指风姿优美而又多情。
④ 攒眉:蹙眉,皱眉。

昼夜乐

秀香家住桃花径①。算神仙、才堪并。层波细翦明眸②,腻玉圆搓素颈。爱把歌喉当筵逞。遏天边,乱云愁凝③。言语似娇莺,一声声堪听。　　洞房饮散帘帷静。拥香衾、欢心称。金炉麝袅青烟④,凤帐烛摇红影。无限狂心乘酒兴。这欢娱、渐入佳境⑤。犹自怨邻鸡,道秋宵不永⑥。

注释

① 秀香:依词意当为歌妓名,具体不详。
② "层波"句:形容眼波顾盼多情。明眸,明亮妩媚的眼睛。
③ "遏天边"二句:用响遏行云典,形容歌声嘹亮高亢。《列子·

汤问》载:"薛谭学讴于秦青,未穷青之技,自谓尽之,遂辞归。秦青弗止,饯于郊衢,抚节悲歌,声振林木,响遏行云。薛谭乃谢求反,终身不敢言归。"

④ "金炉"句:铜质香炉里香烟袅袅。麝,指麝香。

⑤ 佳境:美好的境界,这里指男女欢娱的忘情之境。

⑥ "犹自"二句:用《诗经·郑风·女曰鸡鸣》"女曰鸡鸣,士曰未央"诗意。用邻鸡报晓寓欢娱不永之意。

辑评

明杨慎《词品》卷一:"凝"音"佞"。柳耆卿词:"爱把歌喉当筵逞,遏天边,乱云愁凝。"今多作平音,失之。音律亦不协也。

清沈雄《古今词话·词品卷下》:花庵词客曰:耆卿《昼夜乐》云"层波细剪明眸,腻玉润搓圆颈",至"无限狂心乘酒兴,这欢娱、渐入佳境。犹自怨邻鸡,道秋宵不永"。此词丽以淫,为妓作也。

柳腰轻

英英妙舞腰肢软①。章台柳、昭阳燕②。锦衣冠盖,绮堂筵会,是处千金争选③。顾香砌、丝管初调,倚轻风、佩环微颤。　　乍入霓裳促遍④。逞盈盈、渐催檀板⑤。慢垂霞袖,急趋莲步⑥,进退奇容千变。算何止、倾国倾城⑦,暂回眸、万人肠断⑧。

注释

① 英英:依词意当指一舞娘。

② 章台柳、昭阳燕:章台,汉长安街名,是当时妓女聚居处。《本事诗》载:诗人韩翃得妓柳氏,后成名。数年,淄青节度使侯希逸奏为从事。因为世道不太平,不敢以柳自随,置之都下,约定将来再来接。一去三年,竟没来接,"因以良金买练囊中寄之,题诗曰:'章台柳,章台柳,往日青青今在否?纵使长条依旧垂,亦应攀折他人手。'柳复书,答诗曰:'杨柳枝,芳菲节,可恨年年赠离别。一叶随风忽报秋,纵使君来岂堪折!'"二人诗皆以柳喻指女子。昭阳燕,指汉成帝后赵飞燕,身轻善舞。这里用柳氏妓和赵飞燕拟"英英"舞姿美妙轻盈。

③ 是处:到处,处处。

④ 霓裳促遍:《霓裳羽衣曲》的"促遍"部分。《新唐书·礼乐志》载:"河西节度使杨敬忠献《霓裳羽衣曲》十二遍。凡曲终必遽,唯《霓裳羽衣曲》将毕,引声益缓。"促遍,唐宋时期大曲的一个曲部,以急拍子为主。

⑤ 檀板:檀木拍板。

⑥ 莲步:形容美人步态。《南史》卷五《废帝东昏侯传》载:"凿金

为莲华以贴地,令潘妃行其上,曰:'此步步生莲华也。'"
⑦ 倾国倾城:形容美艳绝伦。《汉书》卷九七上《外戚传》载:"延年侍上起舞,歌曰:'北方有佳人,绝世而独立。一顾倾人城,再顾倾人国。宁不知倾城与倾国,佳人难再得。'"
⑧ 肠断:本指忧愁不堪,此指倾慕不已,以至内心难以承受。

西江月

凤额绣帘高卷①,兽环朱户频摇②。两竿红日上花梢。春睡厌厌难觉。　　好梦狂随飞絮,闲愁浓胜香醪③。不成雨暮与云朝④。又是韶光过了⑤。

注释

① 凤额绣帘:有凤形纹饰的帘子,代指闺房。
② 兽环朱户:有兽形门环的朱漆大门,代指富户。
③ 香醪(láo):醇酒。醪,浊酒。
④ 雨暮与云朝:即朝云暮雨,喻指男女欢爱。战国宋玉《高唐赋》载:楚王游高唐,梦与神女欢会,临别时神女云:"妾在巫山之阳,高丘之阻。旦为朝云,暮为行雨。朝朝暮暮,阳台之下。"
⑤ 韶光:美好的时光。

倾杯乐

禁漏花深①,绣工日永,蕙风布暖。变韶景、都门十二②,元宵三五,银蟾光满③。连云复道凌飞观④。耸皇居丽⑤,嘉气瑞烟葱蒨。翠华宵幸⑥,是处层城阆苑⑦。　　龙凤烛、交光星汉。对咫尺鳌山开羽扇。会乐府两籍神仙,梨园四部弦管⑧。向晓色、都人未散。盈万井、山呼鳌抃⑨。愿岁岁,天仗里、常瞻凤辇⑩。

注释

① 禁漏:即宫漏,宫中的铜漏。漏,古代计时器,一般以铜制成。
② 都门十二:都城之门,汉代长安城门,按天象之数,共计十二。这里代指北宋都城汴京的城门。
③ 银蟾:月亮。
④ "连云"句:复道高耸入云,楼观凌空如飞,绘元宵都城繁华之景。孟元老《东京梦华录》载:"正月十五元宵,大内自岁前冬至后,开封府绞缚山棚,立木正对宣德楼。游人已集,御街两廊下,奇术异能,歌舞百戏,鳞鳞相切,乐声嘈杂十余里……金碧相射,锦绣交辉,西北悉以彩结山,上皆画神仙故事,或仿市间卖药卖卦之人。横列三门,各有彩结,金书木牌。中

曰都门,道左右曰左右禁卫之门,上有大牌曰:宣和与民同乐……又于左右门上各以草把缚成戏龙之状,用青幕遮笼,草上密置灯烛数万盏,望之蜿蜒如双龙飞走。"复道,架在楼阁之间的空中通道。

⑤ 耸皇居丽:耸居皇丽,富丽堂皇的意思。

⑥ 翠华:天子之旗,以翠羽为饰,故称。

⑦ 层城阆苑:神仙居处,这里喻指皇宫。层城,《水经注·河水》:"昆仑之山三级。下曰樊桐,一名板松。二曰玄圃,一名阆风。上曰层城,一名天庭。是谓太帝之居。"阆苑,即阆风。

⑧ "对咫尺"三句:写宋帝与百姓共度元宵盛况。《乾淳岁时记》:"元夕二鼓,上乘小辇,幸宣德门,观鳌山。山灯凡数千百种,其上伶官奏乐,其下为大露台,百艺群工,竞呈奇技,缭绕于灯月之下。"梨园四部,以金石丝竹等四类乐器演奏音乐的乐工。据《旧唐书·音乐志》:"玄宗在位多年,善音乐……教太常乐工子弟三百人为丝竹之戏,音响齐发,有一声之误,玄宗必觉而正之,号为皇帝弟子,又云梨园弟子。"

⑨ 山呼鳌抃(biàn):呼声动山,拜舞如鳌,状臣下庆贺的盛况。抃,鼓掌。

⑩ 凤辇:天子所乘之车。

辑评

宋叶梦得《避暑录话》卷下:(柳)永初为上元辞,有"乐府两籍神仙,梨园四部弦管"之句传禁中,多称之。后因秋晚张乐,有使作《醉蓬莱》词以献,语不称旨,仁宗亦疑有欲为之地者,因置不问。

笛家弄

花发西园①,草薰南陌,韶光明媚,乍晴轻暖清明后。水嬉舟动,禊饮筵开②,银塘似染③,金堤如绣④。是处王孙,几多游妓,往往携纤手。遣离人、对嘉景,触目伤怀,尽成感旧。　　别久。帝城当日,兰堂夜烛,百万呼卢⑤,画阁春风,十千沽酒⑥。未省、宴处能忘管弦,醉里不寻花柳。岂知秦楼,玉箫声断⑦,前事难重偶。空遗恨,望仙乡⑧,一饷消凝⑨,泪沾襟袖。

注释

① 西园:宋时汴京城中一处园林,具体不详。宋代画家李伯时绘有《西园雅集图》,原图已失,元代赵孟頫有临摹,其下虞集跋语称:"西园者,宋驸马都尉王诜晋卿延东坡诸名士燕游之所也……燕集岁月无所考,西园亦莫究所在。即图而观之,

云林泉石,翛然胜处也。"

② 禊饮筵:祓禊之后的宴筵。旧俗于水旁灌濯以祓除妖邪,上巳为春禊,后定三月三日为禊辰,禊后之宴为禊饮宴。

③ 银塘:波光粼粼的池塘。

④ 金堤:堤堰的美称。

⑤ 呼卢:一种赌博游戏,掷骰游戏时大声呼"卢"。明彭大翼《山堂肆考》:"古者乌曹氏作博,以五木为子,有枭、卢、雉、犊、塞为胜负之采。博头有刻枭形者为最胜,卢次之,雉、犊又次之,塞为下。"

⑥ 十千沽酒:以重金买酒豪饮。唐李白《将进酒》:"陈王昔时宴平乐,斗酒十千恣欢谑。"

⑦ "岂知"二句:用萧史弄玉夫妇仙去典。《列仙传》载,春秋时萧史善吹箫作凤鸣。秦穆公以女弄玉嫁之。一夕,夫妇于楼台吹箫引来凤凰,载二人仙去。萧史夫妇所居之楼即称秦楼。此处指远离闺中女子,难通消息。

⑧ 仙乡:仙界,神仙所居之处。

⑨ 一饷:一晌。消凝:凝伫感伤的样子。

辑评

清丁绍仪《听秋声馆词话》卷十四:(柳永词)《笛家弄》,应于"尽成感旧"句分段。

倾杯乐

皓月初圆,暮云飘散,分明夜色如晴昼。渐消尽、醺醺残酒。危阁远、凉生襟袖。追旧事、一饷凭阑久①。如何媚容艳态,抵死孤欢偶②。朝思暮想,自家空恁添清瘦。　　算到头、谁与伸剖③。向道我别来,为伊牵系,度岁经年,偷眼觑、也不忍觑花柳④。可惜恁、好景良宵,未曾略展双眉暂开口。问甚时与你,深怜痛惜还依旧⑤。

注释

① 一饷:一晌。
② 抵死:拼死,用尽力气。
③ 伸剖:解释,说明,剖白心迹的意思。
④ 觑(qù)花柳:偷看妓女。花柳,指妓女。
⑤ 深怜痛惜:彼此怜惜恩爱。

辑评

清丁绍仪《听秋声馆词话》卷十四"《词律》分段之误"条:词中换头句扼一篇之要,故分段不容稍混。乃《词律》有不知旧本之误,而误分未分者。亦有明知其误而未经订正者。……如《倾杯乐》……又一体,应于"自家恁空添清瘦"句分段。

迎新春

嶰管变青律,帝里阳和新布①。晴景回轻煦。庆嘉节、当三五。列华灯、千门万户。遍九陌②、罗绮香风微度。十里然绛树③。鳌山耸、喧天箫鼓④。　渐天如水,素月当午⑤。香径里、绝缨掷果无数⑥。更阑烛影花阴下⑦,少年人、往往奇遇。太平时、朝野多欢民康阜⑧。随分良聚⑨。堪对此景,争忍独醒归去⑩。

注释

① "嶰管"二句:冬去春来,天气渐渐由寒变暖,京城里一片阳和之气。《汉书·律历志》:"黄帝使泠纶,自大夏之西,取竹之解谷生,其窍厚均者,断两节间而吹之,以为黄钟之宫……比黄钟之宫,而皆可以生之,是为律本。"嶰管,即以解谷所伐之竹做成的律本。青律,即青帝(古时司春之神)所司之律,指春天。帝里,这里指北宋都城汴京。

② 九陌：汉长安城九条大道，称九陌，后泛指繁华都城的大道，此指北宋都城汴京的大街。
③ 十里然绛树：即十里燃绛树，状元宵京城里火树银花盛景。可参见《倾杯乐》(禁漏花深)注④。
④ 鳌山：这里指饰满彩灯的假山。
⑤ 素月当午：月到中天的意思。
⑥ 绝缨掷果：状男女相互倾慕之态。绝缨，刘向《说苑·复恩》："楚庄公赐群臣酒，日暮酒酣，灯烛灭，乃有人引美人之衣者，美人援绝其冠缨。王以为赐人酒，使醉失礼，奈何欲显妇人之节而辱士乎。乃命左右曰：'今日与寡人饮，不绝冠缨者不欢。'群臣皆绝其冠缨而上火。居三年，晋与楚战，有一臣在前，五合五奋，首却敌。问之，曰：'臣乃夜绝缨者也。'"此为男悦女之典型。又《世说新语·容止》引《语林》："安仁至美，每行，老妪以果掷之满车。"后用来指女悦男之典型。
⑦ "更阑"句：夜深之后，在昏暗的烛光里或月下花阴下。更阑，夜深。
⑧ "朝野"句：朝廷和民间都充满欢声笑语，老百姓都很富裕。国泰民安的意思。
⑨ 随分：随处，到处。
⑩ 争忍：怎忍。

辑评

清丁绍仪《听秋声馆词话》卷十四"《词律》分段之误"条：词

中换头句扼一篇之要,故分段不容稍混。乃《词律》有不知旧本之误,而误分未分者。亦有明知其误而未经订正者。如柳永……《迎新春》,应于"喧喧箫鼓"句分段。

曲玉管

陇首云飞①,江边日晚,烟波满目凭阑久。立望关河萧索②,千里清秋。忍凝眸。杳杳神京③,盈盈仙子④,别来锦字终难偶⑤。断雁无凭⑥,冉冉飞下汀洲。　　思悠悠。暗想当初,有多少、幽欢佳会,岂知聚散难期,翻成雨恨云愁⑦。阻追游。每登山临水,惹起平生心事,一场消黯,永日无言⑧,却下层楼。

注释

① "陇首"句:用柳恽诗意,喻指秋天。《古诗纪》卷八十九"捣衣诗五首"载:"《南史》曰:恽以贵公子,且有令名,少工篇什。为诗云:'亭皋木叶下,陇首秋云飞。'王融见而嗟赏。"陇首,本为山名,在关中。

② 关河：本指函谷关和黄河，此处泛指辽阔的川原。
③ 神京：即京城，此指北宋的都城汴京。
④ 盈盈仙子：体态娇美的女子，此指其所恋女子。
⑤ 锦字：书信。《晋书·窦滔妻苏氏传》载：窦滔在符坚时为秦州刺史，被徙流沙。苏氏思之，织锦为回文旋图诗以赠滔，宛转循环读之，其词凄婉。后人便以锦字代闺中书信。
⑥ "断雁"句：大雁失群，无法知道是否带有远方的书信。古人有鸿雁传书的传说，故云。断雁，失群的孤雁。
⑦ 雨恨云愁：喻指男女之间的愁情别绪。
⑧ 永日：整天。

辑评

清郑文焯《大鹤山人词话·附录》：昨与沤公翻检柳词，得《曲玉管》一解，直是同谱异曲。起调两段，乃与清真冥合。寀是则词之过片三字，碻为属上无疑。虽平仄之调稍异，而句律则同一格，当据以引申补入校录。

满朝欢

花隔铜壶，露晞金掌①，都门十二清晓②。帝里风光烂漫,偏爱春杪③。烟轻昼永,引莺啭上林④,鱼游灵沼⑤。巷陌乍晴,香尘染惹,垂杨芳草。因念秦楼彩凤,楚观朝云⑥,往昔曾迷歌笑。别来岁久,偶忆欢盟重到。人面桃花⑦,未知何处,但掩朱扉悄悄。尽日伫立无言,赢得凄凉怀抱。

注释

① 露晞金掌:指仙人承露盘。汉武帝曾在长安建章宫前柏梁台立铜柱,高二十丈,大十围,上有仙人手擎承露盘,见《三辅黄图》。此处借指东京宫殿。

② 都门十二:都城之门,汉长安城门按天象之数,共十二。这里代指北宋都城汴京。

③ 春杪(miǎo):春暮。杪,末尾。

④ 上林:即上林苑,原为秦禁苑,在长安,汉武帝时增而广之,周三百里,别馆七十所。后多泛指禁苑。

⑤ 灵沼:本为周代时的池沼名,此处泛指宫中池沼。

⑥ "因念"二句:惦念与歌妓相伴的欢乐。秦楼,又称凤台、凤楼,为秦穆公女弄玉夫妇所居,后诗词中常泛指妆楼,也指妓女所居处。楚观朝云,用宋玉《高唐赋》所记楚王与巫山神女欢会典。这里用弄玉夫妇和楚王与巫山神女典,喻指与所恋妓女相处甚欢。

⑦ 人面桃花:《本事诗》载:崔护清明日独游都城南,得居人庄,

一亩之宫,而桃花丛萃。叩门求浆,有女子开门,以杯水饮护,四目相视,属意甚殷。来岁清明,护再往,则门墙如故,而已锁扃之。因题诗于左扉曰:"去年今日此门中,人面桃花相映红。人面只今何处去,桃花依旧笑春风。"

梦还京

夜来匆匆饮散,欹枕背灯睡。酒力全轻,醉魂易醒,风揭帘栊①,梦断披衣重起。悄无寐。　　追悔当初,绣阁话别太容易。日许时②、犹阻归计。甚况味。旅馆虚度残岁。想娇媚。那里独守鸳帏静③,永漏迢迢,也应暗同此意。

注释

① 帘栊(lóng):窗帘或窗牖。泛指门窗的帘子。
② 日许时:宋时口语,许多时的意思。
③ 鸳帏:绣有鸳鸯的床帐,暗含男女恩爱的意思。

凤衔杯

有美瑶卿能染翰①。千里寄、小诗长简。想初裁苔笺②,旋挥翠管红窗畔。渐玉箸、银钩满③。

锦囊收,犀轴卷④。常珍重、小斋吟玩。更宝若珠玑,置之怀袖时时看。似频见、千娇面。

注释

① 瑶卿:依词意当是指所恋女子名,或是对所恋女子的美称。
   染翰:点染翰墨,指擅长书法。
② 苔笺:古时浙江所产的一种笺纸。李肇《唐国史补》记载:"纸则有越之剡藤苔笺,蜀之鱼子十色笺。"
③ 玉箸、银钩:两种书体。玉箸,小篆体;银钩,草书。
④ 锦囊收,犀轴卷:以织锦为囊、犀角为轴加以珍藏。

辑评

清陈锐《袌碧斋词话》:"置之怀袖时时看",此从古乐府出。

凤衔杯

追悔当初孤深愿。经年价、两成幽怨①。任越水吴山，似屏如障堪游玩。奈独自、慵抬眼。　　赏烟花②，听弦管。图欢笑、转加肠断。更时展丹青③，强拈书信频频看。又争似、亲相见④。

注释

① 经年价：经年，过了一年，多年。价，语气词，无实义。
② 烟花：春日繁花似锦的景象。
③ 丹青：红绿，指点染红色与绿色的书画，此指书信。
④ 争似：怎似，怎如。

鹤冲天

闲窗漏永，月冷霜华堕①。悄悄下帘幕，残灯火。再三追往事，离魂乱、愁肠锁。无语沉吟坐。好天好景，未省展眉则个②。　　从前早是多成破。何况经岁月，相抛嚲③。假使重相见，还得似、旧时么？悔恨无计那④。迢迢良夜，自家只恁摧挫⑤。

注释

① 霜华:即霜花。

② 则个:表现动作进行时的语助词。

③ 抛㛈(duǒ):抛闪,丢下。

④ 无计那:无计可想的意思。那,语助词,无实义。

⑤ 自家只恁摧挫:只不过是自己折磨自己。

受恩深

雅致装庭宇。黄花开淡泞①。细香明艳尽天与②。助秀色堪餐③,向晓自有真珠露④。刚被金钱妒。拟买断秋天,容易独步。　粉蝶无情蜂已去。要上金尊,惟有诗人鸳鸯浦。待宴赏重阳⑤,恁时尽把芳心吐。陶令轻回顾。免憔悴东篱,冷烟寒雨⑥。

注释

① 黄花开淡泞(nìng):开放着淡雅的菊花。淡泞,淡泊,这里是淡雅的意思。

② 天与:上天赐予、天生的意思。

③ 秀色堪餐:即秀色可餐,形容妇女美貌。

④ 向晓:临晓,将近拂晓。
⑤ 重阳:即重阳节,农历九月初九。
⑥ "陶令"三句:让陶渊明轻轻回顾这番美景,免得被冷烟寒雨摧残之后,只能面对残败的东篱景象独自憔悴。陶令,即陶渊明,因曾任彭泽令,故称。

看花回

屈指劳生百岁期①。荣瘁相随②。利牵名惹逡巡过③,奈两轮、玉走金飞④。红颜成白发,极品何为⑤。　　尘事常多雅会稀。忍不开眉。画堂歌管深深处,难忘酒盏花枝。醉乡风景好⑥,携手同归。

注释

① 劳生:劳苦的人生。
② 荣瘁(cuì)相随:荣辱相伴,穷达相随。瘁,过度劳累。
③ 逡巡:因有所顾忌而不敢向前,这里是因受到牵绊而不顺利的意思。
④ 两轮、玉走金飞:日月周天运行不止,岁月前移。两轮,即日轮和月轮。古人传说月中嫦娥仙子养有玉兔,日中有三足

乌,又称金乌,这里是用玉走金飞,指代日月运转。
⑤ 极品:官品到了顶级。
⑥ 醉乡:饮酒沉醉后飘飘然的那种别样滋味。孙光宪《北梦琐言》载:"东皋子王绩,字无功,有《杜康庙碑》、《醉乡记》,备言酒德,竟陵人刘虚白擢进士第,嗜酒。有诗云:'知道醉乡无户税,任他荒却下丹田。'"

看花回

玉城金阶舞舜干①。朝野多欢。九衢三市风光丽②,正万家、急管繁弦。凤楼临绮陌③,嘉气非烟④。　雅俗熙熙物态妍⑤。忍负芳年。笑筵歌席连昏昼,任旗亭、斗酒十千⑥。赏心何处好,惟有尊前。

注释

① "玉城"句:在富丽堂皇的朝廷举行礼乐仪式。玉城金阶,即金玉台阶。城,阶齿,即台阶。舞舜干,演奏舜帝时的音乐。《尚书·虞书·大禹谟》:"帝乃诞敷文德,舞干羽于两阶。"
② 九衢三市:指北宋京城的街市。九衢,本指汉代长安城中的

九条干道,这里指北宋都城汴京城里的主要干道。衢,四通之路。《三辅黄图》:"长安城面三门,四面十二门,皆通达九衢,以相经纬。"三市,这里是集市的意思。《周礼·地官·司市》:"大市,日昃而市,百族为主。朝市,朝时而市,商贾为主。夕市,夕时而市,贩夫贩妇为主。"

③ 凤楼:依词意应该是泛指有凤凰图案装饰的楼宇。

④ 嘉气非烟:祥云。《史记》卷二七《天官书》:"若烟非烟,若云非云,郁郁纷纷,萧索轮囷,是谓卿云。卿云见,喜气也。"

⑤ 雅俗熙熙:无论士庶,都拥聚在了一起。雅俗,雅人与俗人,即士庶之众。熙熙,拥挤的样子。

⑥ "任旗亭"句:用旗亭画壁故事。唐薛用弱《集异记》载:"开元中,诗人王昌龄、高适、王之涣齐名。时风尘未偶,而游处略同。一日,天寒微雪,三诗人共诣旗亭贳酒小饮。忽有梨园伶官十数人登楼会燕。三诗人因避席偎映拥炉火以观焉,俄有妙妓四辈寻续而至,奢华艳曳都冶颇极,旋则奏乐,皆当时之名部也。昌龄等私相约曰:我辈各擅诗名,每不自定其甲乙。今者可以密观诸伶所讴,若诗入歌词之多者,则为优矣……之涣自以得名已久,因谓诸人曰:'此辈皆潦倒乐官,所唱皆巴人下里之词耳,岂阳春白雪之曲,俗物敢近哉?'因指诸妓之中最佳者曰:'待此子所唱,如非我诗,吾即终身不敢与子争衡,若是吾诗,子等当须列拜床下,奉吾为师。'因欢笑而俟之。须臾,次至双鬟发声,则曰:'黄河远上白云间,一片孤城万仞山;羌笛何须怨杨柳,春风不度玉门关。'之涣即

揶揄二子曰：'田舍奴，我岂妄哉！'因大谐笑。诸伶不喻其故，皆起诣曰：'不知诸郎君何此欢噱？'昌龄等因话其事，诸伶竞拜曰：'俗眼不识神仙，乞降清重，俯就筵席。'三子从之，欢醉竟日。"

柳初新

东郊向晓星杓亚①。报帝里、春来也。柳抬烟眼②，花匀露脸③，渐觉绿娇红姹。妆点层台芳榭。运神功、丹青无价④。　　别有尧阶试罢⑤。新郎君、成行如画⑥。杏园风细⑦，桃花浪暖，竞喜羽迁鳞化⑧。遍九陌、相将游冶⑨。骤香尘、宝鞍骄马。

注释

① 星杓亚：北斗星斗柄低垂，是将晓时的星象。星杓，北斗的斗柄，代指北斗。
② 柳抬烟眼：柳叶初生，众叶迷蒙如烟雾，单叶细长如眼。
③ 花匀露脸：花枝带露匀称可爱的样子。
④ "运神功"句：指青帝（司春之神）运兴神功，使天地绿娇红姹，万紫千红，丹青如画。

⑤ 尧阶试罢：殿试刚刚结束。旧时进士殿试在春天。
⑥ 新郎君：新进士，刚中进士的士子。
⑦ 杏园风细：据《秦中岁时记》载："进士杏园初宴，谓之探花宴，差少俊二人为探花使。遍游名园，若他人先折花，二使皆被罚。"
⑧ 羽迁鳞化：意思是中进士后身份有了巨大的变化。羽迁，即羽化，指道士成仙，飞升变化，若生羽翼。鳞化，鱼化为龙。
⑨ 九陌：汉长安街中有八街九陌，后来便用九陌指京城大道。

两同心

嫩脸修蛾①，淡匀轻扫②。最爱学、宫体梳妆③，偏能做、文人谈笑。绮筵前、舞燕歌云④，别有轻妙。　　饮散玉炉烟袅⑤。洞房悄悄。锦帐里、低语偏浓，银烛下、细看俱好。那人人⑥，昨夜分明，许伊偕老。

注释

① 修蛾：修长的眉毛。蛾，蛾眉。《诗经·卫风·硕人》："齿如瓠犀，螓首蛾眉。"

② 淡匀轻扫：指女子的淡妆。轻轻抹上脂粉，打扮淡雅匀称得体。
③ 宫体梳妆：宫中女子的梳妆打扮。古代社会风尚以朝廷为中心，传入社会便成为时尚，所以女子梳妆以宫中为式样。
④ 舞燕歌云：轻舞如赵飞燕，歌声遏行云。相传汉成帝皇后赵飞燕体态轻盈，舞姿美妙。宋秦醇《赵飞燕别传》载："赵后腰骨尤纤细，善踽步行，若人手执花枝颤颤然。"又，《列子·汤问》称古代秦青善歌，"抚节悲歌，声振林木，响遏行云"。
⑤ 玉炉：香炉的美称。
⑥ 人人：依词意当是对所爱女子的昵称。

两同心

伫立东风，断魂南国①。花光媚、春醉琼楼，蟾彩迥、夜游香陌②。忆当时、酒恋花迷，役损词客。　　别有眼长腰搦③。痛怜深惜。鸳会阻、夕雨凄飞，锦书断、暮云凝碧④。想别来，好景良时，也应相忆。

注释

① "伫立东风"二句：暗用赵师雄遇梅仙典。据《龙城录》载，隋

代赵师雄行经罗浮山,于梅林中遇一美人,与之对饮,又有一绿衣童子笑歌戏舞。师雄醉卧醒来,见枝上有翠禽相顾。原来美人便是梅花神,绿衣童子是翠鸟所幻化。此词后面"忆当时"二句,也是用赵师雄故事。
② 蟾彩:月光。
③ 眼长腰搦(nuò):眼波情长,腰肢细软。搦,握。这里暗用楚王好细腰典,指腰肢纤细。
④ "鸳会"二句:用楚王巫山云雨典和鸿雁传书典,指无法与所恋女子传递消息,无法与之相聚相爱。

女冠子

断云残雨。洒微凉、生轩户。动清籁、萧萧庭树①。银河浓淡,华星明灭,轻云时度。莎阶寂静无睹②。幽蛩切切秋吟苦③。疏篁一径④,流萤几点,飞来又去。　　对月临风,空恁无眠耿耿⑤,暗想旧日牵情处。绮罗丛里,有人人、那回饮散,略曾偕鸳侣。因循忍便睽阻⑥。相思不得长相聚。好天良夜,无端惹起,千愁万绪。

注释

① 清籁(lài):清朗的响声。
② 莎阶:长满莎草的台阶。莎草喜湿,以莎草满阶形容少人往来。
③ 幽蛩:幽暗处的蟋蟀,或为鸣声幽怨的蟋蟀,皆可通。
④ 疏篁:稀疏的竹丛。
⑤ 耿耿:不安的神情。
⑥ 睽阻:违背。

玉楼春

昭华夜醮连清曙①。金殿霓旌笼瑞雾②。九枝擎烛灿繁星③,百和焚香抽翠缕④。　　香罗荐地延真驭⑤。万乘凝旒听秘语⑥。卜年无用考灵龟⑦,从此乾坤齐历数⑧。

注释

①"昭华"句:仙乐自夜至晓鸣奏不已,祈求神仙降临。昭华,仙乐。《晋书·律历志上》:"黄帝作律,以玉为管,长尺,六孔,为十二月音。至舜时,西王母献昭华之管,以玉为之。"醮,道

教术语,设坛祈祷。

② 霓旌:五色旗。

③ 九枝擎烛:华美的灯烛。九,极言其多。

④ 百和:古时名香。《汉武帝内传》记武帝迎西王母:"……燔百和之香,张云锦之帏,然九光之灯,列玉门之枣。"

⑤ "香罗"句:把华美的丝罗铺在地上,迎接真仙的降临。荐地,铺在地上。延,请。真驭,真人,神仙。

⑥ "万乘"句:天子屏息静气,听着神仙对他传授仙家秘诀。旒(liú),冕旒,以丝贯玉垂于王冕前后。

⑦ "卜年"句:占卜享国的年数,用不着去验龟卜了。卜年,即卜世,占卜享国的年数。灵龟,《尔雅》注:"涪陵郡出大龟,甲可以卜,缘中文似瑇瑁,俗谓灵龟。"

⑧ 乾坤齐历数:历数与乾坤相齐,王朝的命运与天地一样长久的意思。历数,历运之数,注定的数字,即天道运势决定的王朝寿命。

玉楼春

凤楼郁郁呈嘉瑞①。降圣覃恩延四裔②。醮台清夜洞天严,公宴凌晨箫鼓沸③。　　保生酒劝椒香腻④。延寿带垂金缕细⑤。几行鹓鹭望尧云⑥，齐共南山呼万岁⑦。

注释

① 凤楼：有凤凰形图案装饰的楼宇，依词意当指天子禁城的楼阁。

② "降圣"句：在降圣节广布恩泽至于僻远之地。《宋史·礼志》："大中祥符元年……以七月一日圣祖降日为先天节，十月二十四日降延恩殿为降圣节，休假、宴乐并如天庆节。中书、亲王、节度、枢密、三司以下至驸马都尉，诣长春殿进金缕延寿带、金丝续命缕，上保生寿酒；改御崇德殿，赐百官饮，如圣节仪。前一日，以金缕延寿带、金涂银结续命缕、绯彩罗延寿带、彩丝续命缕分赐百官，节日戴以入。礼毕，宴百官于锡庆院。"覃(tán)恩，广布恩泽。

③ "醮台"二句：清夜里道士在神仙道场上作法庄严肃穆，清晨举行公宴时箫鼓喧天。《宋史·真宗纪二》："大中祥符元年冬十月辛亥，享昊天上帝于圆台，陈天书于左，以太祖、太宗配。帝衮冕奠献，庆云绕坛，月有黄光；命群臣享五方帝诸神，于山下封祀坛，上下传呼万岁，振动山谷。降谷口，日有冠戴，黄气纷郁。壬子，禅社首，如封祀仪。紫气下覆，黄气如星绕天书匣。"洞天，道教称神仙所居的天下名山胜境，此指醮台上如洞天的设施。

④ 保生酒:即保生寿酒,见本词注②。椒香:椒香之酒。古时习俗,将椒置于酒或浆中以敬长者或祀神。
⑤ 延寿带:即金缕延寿带。见本词注②。
⑥ "几行鹓鹭"句:群臣依班排成行列,像鹓鹭那样进退有序,远瞻天颜。望尧云,《史记·五帝本纪》载:"帝尧者,放勋。其仁如天,其知如神。就之如日,望之如云。"
⑦ "齐共"句:大家一齐山呼万岁,祝皇帝寿比南山。参见本词注②。

玉楼春

皇都今夕知何夕①。特地风光盈绮陌。金丝玉管咽春空,蜡炬兰灯晓夜色②。　　凤楼十二神仙宅③。珠履三千鹓鹭客④。金吾不禁六街游⑤,狂杀云踪并雨迹⑥。

注释

① 今夕知何夕:语本《诗经·唐风·绸缪》:"今夕何夕,见此良人。"
② 晓夜色:照亮夜空如同拂晓。晓,一作烧。

③ "凤楼"句:指汴京奢华如神仙之境。凤楼,这里指汴京的禁城城楼,因汉代长安城有十二城门,故称凤楼十二。神仙宅,即神仙的居处,这里指代皇帝所住禁城。

④ "珠履三千"句:赞群臣衣着整齐华贵。《史记·春申君列传》:"赵平原君使人于春申君,春申君舍之于上舍。赵使欲夸楚,为玳瑁簪,刀剑室以珠玉饰之,请命春申君客。春申君客三千余人,其上客皆蹑珠履以见赵使,赵使大惭。"鹓鹭,指如鹓鹭般排列有序。

⑤ "金吾"句:对都城六街的游人,禁卫军都不加以限制。金吾,官名,即执金吾。秦置中尉,掌徼循京师,汉武帝更名执金吾,为禁卫军。唐韦述《西都杂记》"金吾禁夜"条载:"西都京城街衢,有金吾晓暝传呼以禁夜行,惟正月十五日夜,敕许金吾弛禁,前后各一日。"六街,汉长安城中左右有六街,金吾街使主之,设左右金吾将军掌昼夜巡警执法。

⑥ 云踪并雨迹:用宋玉《高唐赋》楚王与巫山神女欢会典,指男女相悦生情之事。

玉楼春①

星闱上笏金章贵②。重委外台疏近侍③。百常天阁旧通班④,九岁国储新上计⑤。　太仓日富中邦最⑥。宣室夜思前席对⑦。归心怡悦酒肠宽⑧,不泛千钟应不醉⑨。

注释

① 依词意,本词应该是作于真宗天禧二年(1018)九月,真宗立仁宗为太子时。《宋史》卷九《仁宗纪》载:"(帝)大中祥符三年四月十四日生……天禧元年兼中书令,明年进封昇王,九月丁卯,册为皇太子,以参知政事李迪兼太子宾客。"词以汉景帝行为讽喻真宗。

② "星闱"句:形容达官显贵们的华丽装束。星闱,星郎。《史记正义》:"郎位十五星,在太微中帝坐东北。周之元士、汉之光禄、中散、谏议,此三署郎中,是今之尚书郎。"上笏,臣子上朝用以记事的手板。金章,古代大臣服饰装束,其衣裳及玉带根据官阶高低以金涂饰出不同图案。

③ "重委外台"句:重视宦官却疏远亲近的左右臣子。外台,三台之一,汉代官制:尚书为中台,御史为宪台,谒者为外台,合称三台。谒者为宦官之称。

④ "百常"句:朝廷中旧日的重臣。常,古代以八尺为寻,寻的两倍为一常,百常,极言其高。百常天阁,代指朝堂。通班,通于朝班,为显要之官的意思。

⑤ 国储:国之储君,即太子。

⑥ "太仓"句：国库中积满了粮食，是全国最丰富的。太仓，京师积谷之仓。
⑦ "宣室"句：宣室，汉未央宫前殿正室。《汉书·贾谊传》："文帝思谊，征之。至，入见……上因感鬼神事，而问鬼神之本。谊具道所以然之故。至夜半，文帝前席。既罢，曰：'吾久不见贾生，自以为过之，今不及也。'乃拜谊为梁怀王太傅。"
⑧ 酒肠宽：酒量大的意思。
⑨ 不泛：不饮下，不喝掉。

玉楼春

阆风歧路连银阙①。曾许金桃容易窃②。乌龙未睡定惊猜③，鹦鹉能言防漏泄④。　　匆匆纵得邻香雪⑤。窗隔残烟帘映月。别来也拟不思量，争奈余香犹未歇⑥。

注释

① 阆风：即阆苑。仙人所居之处。银阙：即银台，西王母居处。《水经注》卷一："昔西王母告周穆王云：去咸阳四十六万里，山高，平地，三万六千里，上有三角，面方广万里，形如偃盆，

下狭上广,故曰昆仑山有三角:其一角正北,干辰星之辉,名曰阆风巅;其一角正西,名曰玄圃台;其一角正东,名曰昆仑宫。其处有积金为天墉城,面方千里,城上安金台五所,玉楼十二,其北户山承渊山。"

② 金桃容易窃:《说郛》引《汉孝武故事》:"东郡送一短人,长五寸,衣冠具足。上疑其精,召东方朔至。朔呼短人曰:'巨灵,阿母还来否?'短人不对,因指谓上曰:'王母种桃,三千年一结子。此儿不良,已三过偷之,失王母意,故被遣来此。'"

③ 乌龙:古人张然所养狗名。《续搜神记》:"会稽张然滞役,有少妇无子,唯与一奴守舍。奴遂与妇通。然素养一犬,名乌龙,常以自随。后归,奴欲谋杀然……然拍膝大呼曰'乌龙',狗应声伤奴。奴失刀,遂倒。狗咋其阴,然取刀杀奴。"

④ "鹦鹉"句:《开元天宝遗事》:"长安城中有豪民杨崇义者,家富数世,服玩之属,僭于王公。崇义妻刘氏有国色,与邻舍儿李弇私通,情甚于夫,遂有意欲害崇义。忽一日,醉归寝于室中。刘氏与李弇同谋而害之,埋于枯井中。其时仆妾辈并无所觉。惟有鹦鹉一只在堂前架上。洎杀崇义之后,其妻却令童仆四散寻觅其夫,遂经府陈词,言其夫不归,窃虑为人所害。府县官吏日夜捕贼,涉疑之人及童仆辈经拷捶者百数人,莫究其弊。后来县官等再诣崇义家检校,其架上鹦鹉忽然声屈。县官遂取于臂上,因问其故。鹦鹉曰:'杀家主者,刘氏李弇也。'官吏等遂执缚刘氏及捕李弇下狱,备招情款。府尹具事案奏闻,明皇叹讶久之。"

⑤ "匆匆"句:与意中人匆匆幽会。香雪,本指脂粉,这里代指所恋女子。
⑥ 余香:留下的芳香。《杨太真外传》:"乾元元年,贺怀智又上言曰:'昔上夏日与亲王棋,令臣独弹琵琶,贵妃立于局前观之,上数枰子将输。贵妃放康国猧子上局乱之,上大悦。时风吹贵妃领巾于臣巾上,良久,回身方落,及归,觉满身香气,乃卸头帻贮于锦囊中,今辄进所贮幞头。'上发囊,且曰:'此瑞龙脑香也。吾曾施于暖池玉莲朵,再幸尚有香气宛然,况乎丝缕润腻之物哉!'遂凄怆不已。"

金蕉叶

厌厌夜饮平阳第①。添银烛、旋呼佳丽②。巧笑难禁,艳歌无间声相继。准拟幕天席地③。　金蕉叶泛金波齐④,未更阑、已尽狂醉。就中有个风流,暗向灯光底。恼遍两行珠翠⑤。

注释

① "厌厌"句:在歌舞场所畅饮至于沉醉。厌厌,《诗经·小雅·湛露》:"厌厌夜饮,不醉无归。"平阳第,平阳主家的府第。

《汉书·外戚传》:"孝武卫皇后字子夫,生微也。其家号曰卫氏,出平阳侯邑,子夫为平阳主讴者。"诗词中常以平阳第指代歌舞之地。

② 银烛:烛的美称。《拾遗记》:"浮忻国贡兰金之泥,此金出汤泉国,百铸,其色变白,有光如银,即银烛也。"

③ 幕天席地:以天为幕以地为席,形容豪饮时的放纵之态。刘伶《酒德颂》:"行无辙迹,居无室庐,幕天席地,纵意所如。"

④ "金蕉叶"句:精美的酒杯盛满名酒。金蕉叶,酒杯名。宋郑獬《觥记注》:"李适之《七品》曰蓬莱盏、海山螺、舞仙螺、匏子卮、幔卷荷、金蕉叶、玉蟾儿,皆因象为名。"金波,美酒名。宋朱弁《曲洧旧闻》记载当时的名酒有河间府金波、代州金波、合州金波等。

⑤ 珠翠:珠玉类妇女饰物,这里代指美人。

惜春郎

玉肌琼艳新妆饰。好壮观歌席。潘妃宝钏①,阿娇金屋②,应也消得③。　　属和新词多俊格④。敢共我勍敌⑤。恨少年、枉费疏狂,不早与伊相识。

注释

① 潘妃宝钏：南齐东昏侯妃，名玉儿，性骄奢。《南史·废帝东昏侯传》："别为潘妃起神仙、永寿、玉寿三殿，皆币饰以金璧……潘氏服御，极选珍宝，主衣库旧物，不复周用，贵市人间金银宝物，价皆数倍，虎珀钏一只，直百七十万。"

② 阿娇金屋：《汉孝武故事》："长公主还宫时，缪东王（武帝）数岁，公主抱置膝上，问曰：'儿欲得妇否？'长公主指左右长御百余人，皆云：'不用。'指其女阿娇：'好否？'笑对曰：'好！若得阿娇作妇，当作金屋贮之。'长公主大悦，乃苦要上，遂成婚焉。"

③ 消得：抵得上，配得上。

④ 俊格：高迈过人。

⑤ 劲(qíng)敌：劲敌，强劲的对手。

传花枝

平生自负，风流才调。口儿里、道知张陈赵①。唱新词，改难令②，总知颠倒。解刷扮③，能唭嗽④，表里都峭⑤。每遇着、饮席歌筵，人人尽道。可惜许老了。　　阎罗大伯曾教来⑥，道人生、但不须烦恼。遇良辰，当美景，追欢买笑。剩活取百十年，只恁厮好⑦。若限满、鬼使来追⑧，待倩个、淹通着到⑨。

注释

① "口儿里"句：谓不论"张陈赵"何人何事，皆能任意拆说，言其才之高，为难不倒。
② 难令：与"新词"相对应，指创作技巧要求较高的令曲。
③ 刷扮：依文意当是指扮剧演戏之类。
④ 咇嗽：依文意当是指"说话"（宋元时期讲唱故事的艺术）之类的表演。
⑤ 峭：峭丽，遒劲。
⑥ 阎罗：传说中的阎罗王，掌人生死。
⑦ 厮好：好好厮混。
⑧ 限满：人的生死大限，即死期。
⑨ 淹通：全部，通通。

雨霖铃

寒蝉凄切，对长亭晚，骤雨初歇①。都门帐饮无绪②,留恋处、兰舟催发③。执手相看泪眼,竟无语凝噎④。念去去、千里烟波,暮霭沉沉楚天阔⑤。多情自古伤离别,更那堪、冷落清秋节!今宵酒醒何处?杨柳岸、晓风残月。此去经年⑥,应是良辰好景虚设。便纵有千种风情⑦,更与何人说?

注释

① 骤雨:突然而至的雨。
② 都门:京城,这里指汴京。帐饮:设帐饯行。
③ 兰舟:木兰舟,舟船的美称。
④ 凝噎:喉咙哽咽,有语难言。
⑤ 楚天:泛指江南一带。楚国在南方,故称南方的天空为楚天。
⑥ 经年:年复一年。
⑦ 风情:男女之间相爱的情怀。

辑评

　　《宋人轶事汇编》卷十引《类说》:邢州开元寺僧法明,落魄不检,嗜酒好博。每饮至大醉,惟唱柳永词,由是乡人莫不侮之。或有召斋者则不赴,有召饮者则欣然而从,酒酣乃讴柳词数阕而已。如是数十年,里巷小儿皆目为疯和尚。一日,忽谓寺众曰:"吾明日当逝,汝等无出,睹吾往焉。"众僧笑曰:"岂有是哉!"翌日晨起,法明乃摄衣就座,遽呼众曰:"吾往矣,当留一颂而去。"

《雨霖铃》（寒蝉凄切）

众僧惊愕,急起听之。法明曰:"平生醉里颠蹶,醉里却有分别。今宵酒醒何处,杨柳岸晓风残月。"

宋俞文豹《吹剑续录》:东坡在玉堂,有幕士善讴,因问:"我词比柳词何如?"对曰:"柳郎中词,只好十七八女郎,执红牙拍板,唱'杨柳岸、晓风残月'。学士词,须关西大汉,执铁板唱'大江东去'。"(《说郛》卷二十四引)

明李攀龙《草堂诗余隽》:"千里烟波",惜别之情已骋。"千种风情",相期之愿已赊。真所谓善传神者。

明俞彦《爰园词话》:(东坡)古豪杰英爽都在,使屯田此际操觚,果可以"杨柳岸晓风残月"命句否?且柳词亦只此佳句,余皆未称。而亦有本,祖魏承班《渔歌子》"窗外晓莺残月",第改二字增一字耳。

清王又华《古今词论》:"晓风残月","大江东去",体制虽殊,读之皆若身历其境,惝悦迷离,不能自主,文之至也。

清王士禛《花草蒙拾》:柳七葬真州西仙人掌,仆尝有诗云:"残月晓风仙掌路,何人为吊柳屯田。"

清贺裳《皱水轩词筌》:("今宵酒醒"三句)自是古今俊句。或讥为艄公登溷诗,此轻薄儿语,不足听也。

清沈雄《古今词话》上卷:《吹剑录》曰:东坡在玉堂日,有幕士善歌,因问我词何如耆柳。对曰:郎中词,只好十七八女子,执红牙按歌"杨柳岸晓风残月"。学士词,须关西大汉铁绰板,唱"大江东去"。为之绝倒。

同上:江尚质曰:东坡《酹江月》,为千古绝唱。耆卿《雨霖铃》,惟是"今宵酒醒何处,杨柳岸、晓风残月",东坡喜而嘲之。沈天羽曰:求其来处,魏承班"帘外晓莺残月",秦少游"酒醒处,残阳乱鸦",岂尽是登涎语。余则为耆卿反唇曰:"大江东去,浪淘尽千古风流人物",死尸狼藉,臭秽何堪?不更甚于袁绹之一哂乎?

清李调元《雨村词话》卷四"悔庵论诗余"条:"今宵酒醒",《子夜》、《懊憹》之余也。

清田同之《西圃词说》:今人论词,动称辛、柳……耆卿词以"关河冷落,残照当楼"与"杨柳岸、晓风残月"为佳,非是则淫以亵矣。此不可不辨。

同上"柴虎臣论词"条:柴虎臣云:"语境则'咸阳古道'、'汴水长流',语事则'赤壁周郎'、'江州司马',语景则'岸草平沙'、'晓风残月',语情则'红雨飞愁'、'黄花比瘦'。"

清周济《宋四家词选目录序论·附录》"柳永"条:清真词多从耆卿夺胎,思力沉挚处往往出蓝。然耆卿秀淡幽艳,是不可及。后人摭其《乐章》,訾为俗笔,真瞽说也。

清冯金伯《词苑萃编》卷廿一:苏东坡"大江东去",有铜将军铁绰板之讥。柳七"晓风残月",谓可令十七八女郎按红牙檀板歌之。此袁绹语也。后人遂奉为美谈。然仆谓东坡词自有横槊气概,固是英雄本色。柳纤艳处,亦丽以淫耳。况"杨柳外"句,又本魏承班《渔歌子》"窗外晓莺残月",只改二字增一字,焉能独擅千古。

清沈谦《填词杂说》:词不在大小浅深,贵于移情。"晓风残月"、"大江东去",体制虽殊,读之皆若身历其境,惝恍迷离,不能自主,文之至也。

清黄苏《蓼园词评》:送别词,清和朗畅,语不求奇,而意致绵密,自尔稳惬。

清刘熙载《艺概》卷四:词有点有染。柳耆卿《雨霖铃》云:"多情自古伤离别,更那堪冷落清秋节。今宵酒醒何处?杨柳岸晓风残月。"上二句点出离别,"冷落"、"今宵"二句乃就上二句染之。点染之间,不得有他语相隔,隔则警句亦成死灰矣。

清张德瀛《词徵》卷五:耆卿词多本色语,所谓有井水处能歌柳词,时人为之语曰"晓风残月柳三变",又曰"露花倒影柳屯田",非虚誉也。特其词婉而不文,语纤而气雌下,盖骫骳从俗者。以发乎情止乎礼义之旨绳之,则望景先逝矣。胡致堂谓为掩众制而尽其妙者,盖耳食之言耳。

清钱裴仲《雨华盦词话》:柳七词中,美景良辰、风流怜惜等字,十调九见。即如《雨霖铃》一阕,只"今宵酒醒"二句脍炙人口,实亦无甚好处。张(先)、柳齐名,秦、黄并誉,冤哉!

清邓廷桢《双砚斋词话》"柳词"条:柳耆卿以词名景祐、皇祐间。《乐章集》中,冶游之作居其半,率皆轻浮猥媟,取誉筝琶。如当时人所讥,有教坊丁大使意。惟《雨霖铃》之"今宵酒醒何处,杨柳岸、晓风残月",《雪梅香》之"渔市孤烟袅寒碧",差近风雅……昔东坡读孟郊诗作诗云:"寒灯照昏花,佳处时一遭。孤芳擢荒秽,苦语余诗骚。"吾于屯田词亦云。

蔡嵩云《柯亭词论》:《雨霖铃》调,在《乐章集》中,尚非绝诣。特以"杨柳岸、晓风残月"句得名耳。

定风波

伫立长堤,淡荡晚风起。骤雨歇、极目萧疏,塞柳万株,掩映箭波千里①。走舟车向此②,人人奔名竞利。念荡子、终日驱驱,争觉乡关转迢递③。

何意。绣阁轻抛,锦字难逢④,等闲度岁⑤。奈泛泛旅迹,厌厌病绪,迩来谙尽⑥,宦游滋味。此情怀、纵写香笺,凭谁与寄。算孟光、争得知我⑦,继日添憔悴⑧。

注释

① 箭波:流动迅速如飞箭的水波。
② 走舟车:从水上乘船或陆上驱车。指出游。走,此指利用交通工具出行。
③ 争觉:怎觉,怎么会不觉得。
④ 锦字:即锦书。《晋书·列女传·窦滔妻苏氏传》载:窦滔在苻坚时为秦州刺史,被徙流沙。苏氏思之,织锦为回文旋图诗以赠滔,宛转循环读之,其词凄婉。后人便以锦字代闺中书信。
⑤ 等闲:平常,随便。
⑥ 迩来谙尽:近来完全了解。谙尽,完全弄懂,悟透。

⑦ 孟光:梁鸿妻。《后汉书·逸民传·梁鸿传》载:"梁鸿字伯鸾,扶风平陵人也……同县孟氏有女,状肥丑而黑,力举石臼,择对不嫁,至年三十。父母问其故。女曰:'欲得贤如梁伯鸾者。'鸿闻而聘之……每归,妻为具食,不敢于鸿前仰视,举案齐眉。"争得,怎么能够,怎么见得。

⑧ 继日:一天天。

尉迟杯

宠佳丽。算九衢红粉皆难比①。天然嫩脸修蛾②,不假施朱描翠。盈盈秋水。恁雅态、欲语先娇媚。每相逢、月夕花朝,自有怜才深意。　绸缪凤枕鸳被③。深深处、琼枝玉树相倚④。困极欢余,芙蓉帐暖,别是恼人情味。风流事、难逢双美。况已断、香云为盟誓⑤。且相将、共乐平生,未肯轻分连理⑥。

注释

① 九衢:汉代长安城的九条大道。衢,四通之路。《三辅黄图》:

"长安城面三门,四面十二门,皆通达九衢,以相经纬。"此指北宋都城汴京。红粉:代指美女。

② 修蛾:眉毛修长。

③ 绸缪:缠绵。

④ 琼枝玉树:才子和美人。琼枝,指娇美女子。玉树,喻指才俊。

⑤ 香云:指女子的头发。古代女子与情人相别,因情无所托,即剪发以赠。断香云指剪断头发。

⑥ 连理:本来是一种树的名称,因枝相交合故诗词中常用来比喻夫妻。

慢卷䌷

闲窗烛暗,孤帏夜永,欹枕难成寐。细屈指寻思,旧事前欢,都来未尽①,平生深意。到得如今,万般追悔。空只添憔悴。对好景良辰,皱着眉儿,成甚滋味。　　红茵翠被。当时事、一一堪垂泪。怎生得依前②,似恁偎香倚暖,抱着日高犹睡。算得伊家,也应随分③,烦恼心儿里。又争似从前④,淡淡相看,免恁牵系。

注释

① 都来:算来。
② "怎生得"句:怎么可能再像从前那样。怎生得,怎么可能,怎么才能。依前,像从前,像往日。
③ 随分:照样,照例。
④ 争似:怎似,怎么能像。

征部乐

雅欢幽会,良辰可惜虚抛掷。每追念、狂踪旧迹。长只恁、愁闷朝夕。凭谁去、花衢觅①。细说此中端的②。道向我、转觉厌厌,役梦劳魂苦相忆③。　须知最有,风前月下,心事始终难得。但愿我、虫虫心下④,把人看待,长似初相识。况渐逢春色。便是有、举场消息⑤。待这回、好好怜伊,更不轻离拆。

注释

① 花衢:花街,妓女聚居处。

② 端的:的确,真个儿。
③ 役梦劳魂:役劳梦魂,指因思念过甚,频繁梦见。
④ 虫虫:词人所恋女子名。
⑤ 举场:京城应试的考场。《唐国史补》:"进士为时所尚,其都会谓之举场。"

佳人醉

暮景萧萧雨霁。云淡天高风细。正月华如水。金波银汉①,潋滟无际。冷浸书帷②,梦断却、披衣重起。临轩砌③。　　素光遥指。因念翠娥④,杳隔音尘何处,相望同千里。尽凝睇⑤。厌厌无寐。渐晓雕阑独倚。

注释

① 金波银汉:形容月光下的银河。银汉,银河。
② "冷浸"句:夜里寒冷,书房中难以成眠。冷浸,冷清。书帷,书房里的帘帷。
③ 轩砌:屋前的台阶。
④ 翠娥:指代所思念的女子。

⑤ 凝睇:凝眉,因愁思而蹙眉。

迷仙引

才过笄年①,初绾云鬟②,便学歌舞。席上尊前,王孙随分相许③。算等闲、酬一笑④,便千金慵觑⑤。常只恐、容易蕣华偷换⑥,光阴虚度。　　已受君恩顾。好与花为主。万里丹霄,何妨携手同归去⑦。永弃却、烟花伴侣。免教人见妾,朝云暮雨⑧。

注释

① 笄年:簪发的年龄,即十五岁。《礼记·内则》:"女子……十有五年而笄。"
② 初绾云鬟:刚绾结高高耸起的发式。古时女子未成年时发下垂,成年后则绾结起来。
③ 随分:照例。
④ 等闲:随便。
⑤ 千金慵觑:纵多到千金,也不愿多看一眼。慵,懒得,不愿意。觑,看。

⑥ 舜华:美好的容华,喻指美好年华。《诗经·郑风·有女同车》:"有女同车,颜如舜华。"
⑦ "万里"二句:《神仙传拾遗》载,春秋时萧史善吹箫作凤鸣。秦穆公以女弄玉嫁之。"公为作凤台,夫妇止其上,不饮不食,不下数年。一旦,弄玉乘凤,萧史乘龙,升天而去。"
⑧ 朝云暮雨:即朝三暮四、用情不专的意思。

辑评

清吴衡照《莲子居词话》卷之三"柳永《迷仙引》":屯田《迷仙引》,红友《词律》疑其脱误,今细绎之,殆无讹也。后片云:"万里丹霄,何妨携手同去[句]。去[句]。便弃却烟花伴侣。免教人见妾,朝云暮雨。"上"去"字叶,下"去"字叠,顿折成文,犹北曲《醉春风》体也。且辞意完足,虽无他词可证,即亦不证可耳。朱竹垞题《水蓼花谱》此解,上"去"字不叶,下"去"字不叠,并七字一句,终未为得也。

御街行

燔柴烟断星河曙①。宝辇回天步②。端门羽卫簇雕阑③,六乐舜韶先举④。鹤书飞下,鸡竿高耸⑤,恩霈均寰宇⑥。　赤霜袍烂飘香雾⑦。喜色成春煦。九仪三事仰天颜⑧，八彩旋生眉宇⑨。椿龄无尽⑩，萝图有庆⑪，常作乾坤主。

注释

① 燔柴：古时祭天的一种仪式。《礼记·祭法》疏说"燔柴于泰坛"句称："燔柴于泰坛者，谓积薪于坛上，而取玉及牲置于柴上燔之，使气达于天也。"

② "宝辇"句：指御驾回宫。宝辇，饰有金玉的车子，此指天子的车辇。天步，天子的步伐。

③ 端门：正门，这里应该是指天子禁城的正门。

④ "六乐"句：演奏乐舞时，以尧舜时的音乐为先导。六乐，据《史记·乐书》当为《云门》、《大咸》、《大韶》、《大夏》、《大濩》、《大武》。六乐皆为舞乐。舜韶，舜帝所制并演奏的《韶》乐。舜制《韶》颂尧之德，致教平而乐音和，君圣臣贤，天下大治。

⑤ "鹤书"二句：是古代祭祀的仪式。鹤书，悬于木鹤中的赦书。鸡竿，悬赦书的高竿，上有木鸡，故名。《宋史·礼志》载"御楼肆赦"："每郊祀前一日，有司设百官、亲王、蕃国诸州朝贡使、僧道、耆老位宣德门外……侍臣宣敕，立金鸡，舍人退诣班南宣付所司讫。太常击鼓集囚，少府监立鸡竿于楼东南隅。竿末伎人，四面缘绳争上，取鸡口所衔绛幡，获者即与之。楼上以朱丝绳贯木鹤，仙人乘之，奉制书循绳而下，至地

以画台承鹤。有司取制书置案上。"

⑥ 恩霈:恩泽。此指皇帝在大赦时的赏赐。

⑦ 赤霜袍:古代官员的官袍,因级别不同颜色有异,赤袍为五品至三品官员的朝服。《宋史·舆服志》载:"凡朝服谓之具服,公服从省,今谓之常服。宋因唐制,三品以上服紫,五品以上服朱,七品以上服绿,九品以上服青。"

⑧ 九仪三事:天子祭祀时的各种仪式。九仪,《周礼·大宗伯》:"以九仪之礼,正邦国之位。一命受职,再命受服,三命受位,四命受器,五命赐则,六命赐官,七命赐国,八命作牧,九命作伯。"三事,本指天、地、人三事,此指治天、地、人三事的大夫,即三公。《尚书·周书·周官》:"立太师、太傅、太保,兹惟三公,论道经邦,变理阴阳。"

⑨ 八彩:本指尧的眉,此借指天子之眉。《春秋元命苞》:"尧眉八彩,舜目重瞳。"

⑩ 椿龄:长寿。《庄子·逍遥游》:"上古有大椿者,以八千岁为春,八千岁为秋。"

⑪ "萝图"句:普天同庆的祥瑞图案。萝图,以香萝织成的坐垫。

御街行

前时小饮春庭院。悔放笙歌散。归来中夜酒醺醮,惹起旧愁无限。虽看坠楼换马①,争奈不是鸳鸯伴。　　朦胧暗想如花面。欲梦还惊断。和衣拥被不成眠,一枕万回千转。惟有画梁,新来双燕,彻曙闻长叹②。

注释

① 坠楼:用绿珠典。《晋书·石崇传》载:石崇有妓名绿珠,美而艳,善吹笛。孙秀使人求之。石崇尽出其婢妾数十人,任孙秀使者挑选。使者称孙秀要的是绿珠。石崇称:"绿珠吾所爱,不可得也。"使者劝其三思,石崇竟不许。孙秀为此大怒,纠结党羽陷害石崇。"崇谓绿珠曰:'我今为尔得罪。'绿珠泣曰:'当效死于官前。'因自投于楼下而死。"换马:用以爱妾换马典。《异闻集》:"酒徒鲍生多蓄声妓,外弟韦生好乘骏马,各求所好。一日相遇而易所好,乃以女婢善四弦者换紫叱拨(马名)。"
② 彻曙:彻夜,由夜晚到拂晓。

归朝欢

别岸扁舟三两只。葭苇萧萧风浙浙。沙汀宿雁破烟飞,溪桥残月和霜白。渐渐分曙色。路遥山远多行役。往来人，只轮双桨①，尽是名利客。　一望乡关烟水隔。转觉归心生羽翼②。愁云恨雨两牵萦，新春残腊相催逼③。岁华都瞬息。浪萍风梗诚何益④。归去来，玉楼深处⑤，有个人相忆。

注释

① 只轮双桨：代指车船，意思是乘车坐船旅行。
② 归心生羽翼：回乡的想法像长了翅膀一样，喻十分思念家乡。
③ 新春残腊：腊月将尽，新春将临，指春节前夕。
④ 浪萍风梗：如浪上萍叶，风中梗草，喻指行踪不定。
⑤ 玉楼：闺楼。

采莲令

月华收，云淡霜天曙。四征客、此时情苦。翠娥执手送临歧，轧轧开朱户①。千娇面、盈盈伫立，无言有泪，断肠争忍回顾②。　一叶兰舟，便恁急桨凌波去③。贪行色、岂知离绪。万般方寸④，但饮恨，脉脉同谁语。更回首、重城不见，寒江天外，隐隐两三烟树。

注释

① 轧轧:象声词,门轴转动的声音。
② 争忍:怎忍。
③ 凌波:本来是形容女子步履轻盈。语本曹植《洛神赋》:"凌波微步。"这里形容船桨划水轻盈的样子。
④ 方寸:指心,因为心仅方寸之地,故称。这里指心绪,心情。

秋夜月

　　当初聚散。便唤作、无由再逢伊面。近日来、不期而会重欢宴。向尊前、闲暇里,敛着眉儿长叹。惹起旧愁无限。　　盈盈泪眼。漫向我耳边①,作万般幽怨。奈你自家心下,有事难见②。待信真个,恁别无萦绊③。不免收心,共伊长远。

注释

① 漫向:空向。
② 难见:这里指难以表达。
③ 萦绊:牵系,牵挂。

辑评

　　清焦循《雕菰楼词话》：毛大可称词本无韵，是也。偶检唐宋人词，如……柳永《秋夜月》用"散"旱、"面"霰、"叹"幹、"限"潜、"怨"愿、"远"阮……按唐人应试用官韵，其非应试；如韩昌黎赠张籍诗，以"城"、"堂"、"江"、"庭"、"童"、"穷"一韵，则"庚"、"青"、"江"、"阳"、"东"通协，不拘拘如律诗也。至于词，更宽可知矣。

巫山一段云

　　六六真游洞①，三三物外天②。九班麟稳破非烟③。何处按云轩。　　昨夜麻姑陪宴。又话蓬莱清浅④。几回山脚弄云涛。仿佛见金鳌⑤。

注释

① 六六真游洞：道教所谓三十六洞天。六六，三十六。
② 三三物外天：即世外九天。三三，九。《太玄经》载："九天，一为中天，二为羡天，三为从天，四为更天，五为睟天，六为廓天，七为减天，八为沈天，九为成天。"物外，即世外，指与人事无涉者。

③"九班"句:朝班舞女的舞姿缥缈,卷荡起袅袅的香烟。九班,本指朝班,这里指仙女舞班。麟,一种舞步。麟稳,指麟形舞步稳称美妙。非烟,祥瑞之气。《史记》卷二七《天官传》:"若烟非烟,若云非云,郁郁纷纷,萧索轮囷,是谓卿云。卿云见,喜气也。"这里指朝堂上飘起的香烟。

④"昨夜"二句:麻姑,传说中的女仙,建昌人,修道于牟州东南姑余山。《神仙传》载:"汉孝桓帝时,神仙王远,字方平,降于蔡经家……独坐久之,即令人相访麻姑……麻姑至矣,来时已先闻人马箫鼓声。既至,从官半于方平。麻姑至,蔡经亦举家见之。是好女子,年十八九许,于顶中作髻,余发垂至腰,其衣有文章,而非锦绮,光彩耀目,不可名状。入拜方平。方平为之起立。坐定,召进行厨,皆金盘玉杯……麻姑自说云:'接待以来,已见东海三为桑田。向到蓬莱,水又浅于往者会时略半也,岂将复还为陵陆乎?'"

⑤"几回"二句:意思是麻姑几次往来蓬莱,弄其云涛而见负山之金鳌。《列子·汤问》载,东海有五山,"所居之人皆仙圣之种,一日一夕,飞相往来者,不可数焉。而五山之根无所连著,常随潮波上下往还,不得暂峙焉。仙圣毒之,诉之于帝。帝恐流于西极,失群圣之居,乃命禺彊,使巨鳌十五举首而戴之,迭为三番,六万岁一交焉,五山始峙而不动。而龙伯之国有大人,举足不盈数步,而暨五山之所,一钓而连六鳌,合负而趣归其国,灼其骨以数焉。于是岱舆、员峤二山,流于北极,沉于大海,仙圣之播迁者巨亿计"。

巫山一段云

琪树罗三殿①,金龙抱九关②。上清真籍总群仙③。朝拜五云间④。　昨夜紫微诏下⑤。急唤天书使者。令赍瑶检降彤霞⑥。重到汉皇家⑦。

注释

① 琪树:即玉树。三殿:依词意当是指皇宫中的三大殿,借指皇宫。

② "金龙"句:金黄色龙形的铺首镶饰在天门上,形容宫殿的庄严肃穆。金龙,金黄色的龙形铺首。九关,天门,传说天门有九重,极言其深,这里指朝廷宫门。

③ "上清"句:名列上清仙籍之中,总管群仙之事。上清,道教所谓三清天之一,即玉清、上清、太清。《云笈七签》:"上清之天,在绝霞之外,有八皇老君,运九天之仙,而处上清之宫也。"真籍,神仙之籍。

④ 五云:五彩祥云,道教所谓神仙所乘之云。

⑤ 紫微诏:天帝的诏书。紫微,星座名,三垣之一,为天帝之座,亦称天子所居。此处指天帝。

⑥ "令赍(jī)"句:命令赐予秘授仙箓的天书。赍,把东西送给别人。瑶检,即瑶缄,信函的美称,此指天书。彤霞,道教的秘箓文字。

⑦ 汉皇：此代指宋帝。

巫山一段云

清旦朝金母①，斜阳醉玉龟②。天风摇曳六铢衣③。鹤背觉孤危④。　　贪看海蟾狂戏⑤。不道九关齐闭⑥。相将何处寄良宵。还去访三茅⑦。

注释

① 金母：即西王母。《太平广记》引《集仙录》："西王母者，九灵太妙龟山金母也，一号太虚九光龟台金母元君，乃西华之至妙，洞阴之极尊。"
② 玉龟：西王母居处。《太平广记》引《集仙录》："所居宫阙，在龟山春山西那之都。"
③ 六铢衣：仙人之衣。
④ 鹤背觉孤危：在仙鹤的背上感到十分孤单危险。鹤背，传说中仙人骑鹤往来，此以鹤背孤危写仙游新奇心惊的感觉。
⑤ 海蟾狂戏：即刘海撒金钱之戏。海蟾即刘海蟾，原名操，本为辽进士，后为吕纯阳弟子，道家南宗奉以为祖。《辽史拾遗》

卷二十一引薛大训《神仙通鉴》："刘元英,字宗成,号海蟾子。初名操,字昭远,后得道改称焉。燕地广陵人也。以明经擢第,仕燕主刘守光为相,素喜性命之说,钦崇黄老之教。一日,忽有道人来谒。海蟾乃邀坐堂上,待以宾礼,问其氏族名氏,俱不对,但自称正阳子。海蟾顺风请益,道人为演清静无为之宗,金液还丹之要。既竟,乃索鸡卵十枚,金钱十文,以一文置之几上,累十卵于钱,若浮图之状。海蟾惊异之,叹曰:'危哉!'道人曰:'人居荣禄之场,履忧患之地,其危有甚于此者。'复尽以其钱擘破为二,掷之而去。海蟾因此大悟。翌早,解印辞朝,易服从道。"

⑥ 九关:即九天。

⑦ 三茅:即茅山,道教洞天福地。《南史·陶弘景传》:"于是止于句容之句曲山。恒曰:'此山下是第八洞宫,名金坛华阳之天,周回一百五十里。昔汉有咸阳三茅君得道来掌此山,故谓之茅山。'"

辑评

清李调元《雨村词话》卷一:诗有游仙,词亦有游仙,人皆谓柳三变《乐章集》工于闺帐淫媟之语、羁旅悲怨之辞。然集中《巫山一段云》词,工于游仙,又飘飘有凌云之意,人所未知。

巫山一段云

阆苑年华永①,嬉游别是情。人间三度见河清。一番碧桃成②。　　金母忍将轻摘③。留宴鳌峰真客④。红狵闲卧吠斜阳⑤。方朔敢偷尝⑥。

注释

① 阆苑:王母居处。
② "人间"二句:指仙界永恒。河清,黄河水变清澈。黄河因流经黄土高原,水流带大量泥沙,常浊,古人以河水变清为吉兆。《拾遗记》载:"黄河千年一清。"又《汉武内传》写仙境中的蟠桃:"此桃三千年一生实。"
③ 金母:即西王母。传说蟠桃三千年始结果,西王母当蟠桃成熟之时,即请各路神仙相集为蟠桃宴。
④ 鳌峰真客:众仙客。鳌峰,即龟山之峰,西王母居所。真客,真人,神仙。
⑤ 红狵(máng):红犬。狵,多毛而色杂的犬。《诗经·召南·野有死麕》:"无感我帨兮,无使狵也吠。"
⑥ "方朔"句:《说郛》引《汉孝武故事》:"东郡送一短人,长五寸,衣冠具足。上疑其精,召东方朔至。朔呼短人曰:'巨灵,阿母还来否?'短人不对,因指谓上曰:'王母种桃,三千年一结子。此儿不良,已三过偷之,失王母意,故被遣来此。'"

巫山一段云

萧氏贤夫妇①,茅家好弟兄②。羽轮飙驾赴层城③。高会尽仙卿。　　一曲《云谣》为寿④。倒尽金壶碧酒⑤。醺酣争撼白榆花⑥。踏碎九光霞⑦。

注释

① "萧氏"句:指萧史与弄玉夫妇。《神仙传拾遗》载,春秋时萧史善吹箫作凤鸣。秦穆公以女弄玉嫁之。"公为作凤台,夫妇止其上,不饮不食,不下数年。一旦,弄玉乘凤,萧史乘龙,升天而去。"

② "茅家"句:传说汉景帝时咸阳人茅盈、茅固、茅衷,先后隐居句曲山(后名三茅山,在今江苏句容),得道成仙。太上老君分别授司命真君、定箓真君、保命仙君。

③ "羽轮"句:神仙御风以赴王母之会。羽轮,代仙人之车,传说神仙衣羽衣,故称其所驾之车为羽车。飙驾,御风为车,即御风而行。层城,传说中西王母居处。

④ 云瑶:仙曲名,即《白云谣》。《穆天子传》载:"乙丑,天子觞西王母于瑶池之上。西王母为天子谣云:白云在天,山陵自出;道里悠远,山川间之。将子无死,尚能复来?"这里指用仙乐祝寿。

⑤ 金壶碧酒:用费长房遇神仙典。《后汉书》卷一百二十下《费长房传》载:"费长房者,汝南人也。曾为市掾。市中有老翁

卖药,悬一壶于肆头,及市罢,辄跳入壶中,人莫之见。唯长房于楼上睹之,异焉,因往再拜,奉酒脯。翁知长房之意其神也。谓之曰:'子明日可更来。'长房旦日复诣翁,翁乃与俱入壶中,唯见玉堂严丽,旨酒甘肴,盈衍其中,共饮毕而出。翁约不听与人言之。后乃就楼上候长房曰:'我,神仙之人,以过见责。今事毕当去,子宁能相随乎?楼下有少酒与卿为别。'长房使人取之,不能胜,又令十人扛之,犹不举。翁闻,笑而下楼,以一指提之而上,视器,如一升许,而二人饮之终日不尽,长房遂欲求道而顾家人为忧。"

⑥ 白榆花:《新论》:"刘子骏信方士虚言,为神仙可学,余见其庭下有大榆树,久老剥折,指谓曰:'彼树无情,然犹朽蠹。人杂欲爱养,何能使之不衰?'"后遂以白榆树为仙境中物。

⑦ 九光霞:仙界霞光。《水经注》:"琼华之宫,紫翠丹房,景日辉烛,朱霞九光。"

辑评

清李调元《雨村词话》:末二句真不食烟火语。

婆罗门令

昨宵里、恁和衣睡①。今宵里、又恁和衣睡。小饮归来,初更过、醺醺醉。中夜后、何事还惊起。霜天冷,风细细。触疏窗、闪闪灯摇曳。　　空床展转重追想,云雨梦、任敧枕难继②。寸心万绪,咫尺千里。好景良天,彼此空有相怜意。未有相怜计。

注释

① 恁:如此,这般。
② 云雨梦:即情人幽会的梦境。宋玉《高唐赋》:"昔者楚襄王与宋玉游于云梦之台,望高唐之观。其上独有云气,崪兮直上,忽兮改容,须臾之间,变化无穷。王问玉曰:'此何气也?'玉对曰:'所谓朝云者也。'王曰:'何谓朝云?'玉曰:'昔者先王尝游高唐,怠而昼寝,梦见一妇人曰:"妾,巫山之女也,为高唐之客。闻君游高唐,愿荐枕席。"王因幸之。去而辞曰:"妾在巫山之阳,高丘之阻,旦为朝云,暮为行雨,朝朝暮暮,阳台之下。"旦朝视之,如言。故为立庙,号曰朝云。'"敧,即依。

法曲献仙音

追想秦楼心事,当年便约,于飞比翼①。每恨临歧处②，正携手、翻成云雨离拆③。念倚玉偎香，前事顿轻掷。　惯怜惜。饶心性，镇厌厌多病④，柳腰花态娇无力。早是乍清减，别后忍教愁寂。记取盟言，少孜煎、賸好将息⑤。遇佳景、临风对月，事须时恁相忆。

注释

① 于飞：喻夫妻和睦。《诗经·邶风·燕燕》："燕燕于飞，差池其羽。"
② 临歧处：分手处，分别的时候。
③ 云雨离拆：指拆散相爱的男女。云雨，用宋玉《高唐赋》巫山神女与楚王欢会典。
④ 镇厌厌：整日无精打采。
⑤ "少孜煎"句：少一些愁闷，好好休息。孜煎，熬煎，愁闷。賸(shèng)好将息，好好休息调养。賸，《诗词曲语辞汇释》："賸，犹真也，尽也，颇也。"

辑评

清丁绍仪《听秋声馆词话》卷十四：词中换头句扼一篇之要，故分段不容稍混……《法曲献仙音》应于"顿轻掷"句分段。

西平乐

　　尽日凭高目,脉脉春情绪。嘉景清明渐近,时节轻寒乍暖,天气才晴又雨。烟光淡荡①,妆点平芜远树②。黯凝伫。台榭好、莺燕语。　　正是和风丽日,几许繁红嫩绿,雅称嬉游去。奈阻隔、寻芳伴侣。秦楼凤吹③,楚馆云约④,空怅望、在何处。寂寞韶华暗度。可堪向晚,村落声声杜宇⑤。

注释

① 淡荡:弥漫的样子。
② 平芜:原野,平坦的草地。
③ "秦楼"句:《列仙传》载,春秋时萧史善吹箫作凤鸣。秦穆公以女弄玉嫁之。一夕,夫妇于楼头吹箫引来凤凰,载二人仙去。萧史夫妇所居之楼即称秦楼,此处借弄玉夫妻恩爱喻与恋人相处缠绵适意。
④ "楚馆"句:战国宋玉《高唐赋》载:楚王游高唐,梦与神女欢会,临别时神女云:"妾在巫山之阳,高丘之阻。旦为朝云,暮为行雨。朝朝暮暮,阳台之下。"此处喻指男女恩爱。
⑤ 杜宇:《华阳国志》:"鱼凫王后有王曰杜宇,七国称王,杜宇称帝,号曰望帝。会有水灾,禅位其相开明,升西山隐焉。"据传望帝失国又后悔,死后魂化为鸟,名曰杜鹃,又名子规,啼声悲哀。

凤栖梧

帘内清歌帘外宴。虽爱新声,不见如花面。牙板数敲珠一串①,梁尘暗落琉璃盏②。　　桐树花深孤凤怨③。渐遏遥天,不放行云散④。坐上少年听不惯。玉山未倒肠先断⑤。

注释

① 牙板:歌女演唱时用来打节拍的板,用料有竹、檀木、象牙等。
② 梁尘暗落:形容歌声高亢。刘向《别录》:"鲁人虞公发声,清晨歌动梁尘。"
③ "桐树"句:《白虎通》:"黄帝之时,凤凰蔽日而至,止于东园,食常竹实,栖常梧桐。"古人以凤凰为吉祥之鸟,雌雄成双,又常栖梧,故此以桐花孤凤喻失伴孤独。
④ "渐遏"二句:用响遏行云典。《列子·汤问》载:"薛谭学讴于秦青,未穷青之技,自谓尽之,遂辞归。秦青弗止,饯于郊衢,抚节悲歌,声振林木,响遏行云。薛谭乃谢求反,终身不敢言归。"这里指女子想用美妙的歌声留住恋人。
⑤ 玉山:古人称男子之美。《世说新语·容止》:"嵇康身长七尺八寸,风姿特秀,见者叹曰:'萧萧肃肃,爽朗清举。'或云:'肃肃如松下风,高而徐行。'山公曰:'嵇叔夜之为人也,岩岩若孤松之独立;其醉也,傀俄若玉山之将崩。'"

凤栖梧

伫倚危楼风细细①,望极春愁②,黯黯生天际。草色烟光残照里,无言谁会凭栏意。　　拟把疏狂图一醉③,对酒当歌④,强乐还无味⑤。衣带渐宽终不悔,为伊消得人憔悴。

注释

① 伫倚:久立。危楼:高楼。
② 望极:极目眺望。
③ 疏狂:放浪狂荡。
④ 对酒当歌:曹操《短歌行》:"对酒当歌,人生几何?譬如朝露,去日苦多。"此用其成句,表达心有所思而借酒浇愁。
⑤ 强乐:强装快乐。

辑评

清王又华《古今词论》:小词以含蓄为佳,亦有作决绝语而妙者,如韦庄"谁家少年足风流,妾拟将身嫁与,一生休。纵被无情弃,不能羞"之类是也。牛峤"须作一生拚,尽君今日欢",抑其次矣。柳耆卿"衣带渐宽终不悔,为伊消得人憔悴",亦即韦意而气加婉。

清贺裳《皱水轩词筌》:柳耆卿"衣带渐宽终不悔,为伊消得人憔悴",亦即韦(庄)意,而气加婉矣。

俞陛云《唐五代两宋词选释》:长守尾生抱柱之信,拚减沈郎腰带之围,真情至语。

王国维《人间词话》:古今之成大事业、大学问者,必经过三种之境界……"衣带渐宽终不悔,为伊消得人憔悴",此第二境也……

又《人间词话·删稿》:词家多以景寓情。其专作情语而绝妙者,如……欧阳修(按:当是柳永)之"衣带渐宽终不悔,为伊消得人憔悴",美成之"许多烦恼,只为当时,一晌留情",此等词,求之古今人词中,曾不多见。

凤栖梧

蜀锦地衣丝步障①。屈曲回廊,静夜闲寻访。玉砌雕阑新月上②。朱扉半掩人相望。　　旋暖熏炉温斗帐。玉树琼枝③,迤逦相偎傍④。酒力渐浓春思荡。鸳鸯绣被翻红浪。

注释

① 蜀锦:蜀地所产的锦。据山谦之《丹阳记》载,三国时成都所

产锦最受欢迎,魏、吴皆市之于蜀。地衣:即地毯。丝步障:丝质的屏风。步障,立竹张幕为屏障,以遮尘土。
② 玉砌雕阑:雕有花纹的精美石质栏杆。
③ 玉树琼枝:形容树木华美,这里代指身材姣好的女子。
④ 迤逦:曲折连绵的样子,这里指女子依人之态。

法曲第二

青翼传情①,香径偷期②,自觉当初草草。未省同衾枕,便轻许相将③,平生欢笑。怎生向、人间好事到头少。漫悔懊。　　细追思,恨从前容易④,致得恩爱成烦恼。心下事千种,尽凭音耗。以此萦牵,等伊来、自家向道。泪相见⑤,喜欢存问,又还忘了。

注释

① 青翼传情:即青鸟传情。相传西王母有三青鸟,曾使一青鸟送信到汉武帝殿中,然后由两青鸟护送前来与汉武帝相会。
② 香径:即采香径。《太平寰宇记》载,吴地有山,吴王曾遣美人采香于此,因名香山,山上有采香径。这里借指去与所恋女

子幽会所行经处。

③ 相将:相与或相共的意思。

④ 容易:轻率,草率。

⑤ 泊:及,到,等到。

秋蕊香引

留不得。光阴催促,奈芳兰歇,好花谢,惟顷刻。彩云易散琉璃脆①,验前事端的②。　　风月夜,几处前踪旧迹。忍思忆。这回望断,永作终天隔。向仙岛,归冥路,两无消息③。

注释

① "彩云"句:以彩云易散琉璃易碎,喻美好的事情难以持久。

② 端的:真个。

③ "向仙岛"三句:《杨妃外传》:"方士杨幽通自云有李少君之术,上皇(唐玄宗)命致贵妃神,出天界,没地府,求之不见。东绝大海,跨蓬、壶,有洞户,署其门曰'玉妃太真院'。"竟致贵妃之神。白居易《长恨歌》:"临邛道士鸿都客,能以精诚致魂魄。为感君王展转思,遂教方士殷勤觅。排空驭气奔如

电,升天入地求之遍。上穷碧落下黄泉,两处茫茫皆不见。"此指恋人逝去,无法相见。

一寸金

井络天开①,剑岭云横控西夏②。地胜异、锦里风流③,蚕市繁华④,簇簇歌台舞榭。雅俗多游赏,轻裘俊、靓妆艳冶。当春昼,摸石江边⑤,浣花溪畔景如画⑥。　　梦应三刀⑦,桥名万里⑧,中和政多暇。仗汉节、揽辔澄清⑨,高掩武侯勋业⑩,文翁风化⑪。台鼎须贤久⑫,方镇静、又思命驾。空遗爱⑬,两蜀三川⑭,异日成嘉话。

注释

① 井络:指四川一带。古人以地上州府与天上星座相对应,四川一带对应天上井络。无名氏《河图括地象》:"岷山之精,上为井络。"井,星名,即井宿,二十八宿之一。

② "剑岭"句:剑岭,指四川剑阁北之大小剑山。西夏,国名,其主本姓拓跋,唐赐姓李,世为夏州节度使。宋时元昊称帝,国

号大夏,史称西夏,据有今内蒙古鄂尔多斯、阿拉善及甘肃西北部,为宋边患,凡经九主历一百五十年,后为蒙古所灭。这里用大小剑山横跨西夏,指其地理险要。

③ 锦里:地名,在成都南,后泛指成都,又称锦官城。

④ 蚕市:古时蜀地织锦业发达,故蚕市繁华。

⑤ 摸石:旧时习俗。据《月令广义》载:"成都三月有海云山摸石之游,求子,得石者生男,得瓦者则生女。"

⑥ 浣花溪:又名百花潭,在成都西。四月十九日,蜀人多游于此,谓之浣花日。

⑦ 梦应三刀:用王濬任益州刺史典。《晋书》卷四二《王濬传》载:"濬夜梦悬三刀于卧室梁上,须臾又益一刀,濬惊觉,意甚恶之。主簿李毅再拜贺曰:'三刀为州字,又益一者,明府其临益州乎?'及贼张弘杀益州刺史皇甫晏,果迁濬为益州刺史。濬设方略,悉诛弘等,以勋封关内侯。"

⑧ 桥名万里:即万里桥,在成都市南跨锦江上,杜甫草堂及薛涛居处均在其侧。

⑨ 揽辔澄清:用后汉范滂典。《后汉书》卷六七《范滂传》记载:"滂登车揽辔,慨然有澄清天下之志。及至州境,守令自知臧污,望风解印绶去。"

⑩ 武侯:三国时诸葛亮,因辅佐刘备三分天下,蜀主封为武乡侯。

⑪ 文翁:《汉书》卷八九《文翁传》载:"文翁,庐江舒人也。少好学,通《春秋》,以郡县吏察举。景帝末,为蜀郡守,仁爱好教

化。见蜀地辟陋,有蛮夷风,文翁欲诱进之,乃选郡县小吏开敏有材者张叔等十余人,亲自饬厉,遣诣京师,受业博士,或学律令……又修起学官于成都市中……由是大化,蜀地学于京师者比齐鲁焉。至武帝时,乃令天下郡国皆立学校官,自文翁为之始云。"

⑫ 台鼎:指宰辅之类显要官员。旧称三公为台鼎,意思是如星之三台、鼎之三足。

⑬ 遗爱:古时对官员政绩的赞辞。据记载,周武王时,召伯循行南国,以布文王之政,或舍甘棠之下,后人思其德而爱其树,因赋《甘棠》诗,谓之甘棠遗爱。

⑭ 两蜀三川:两蜀,指东蜀、西蜀。三川,指蜀中的三条大江。

永遇乐

薰风解愠①,昼景清和,新霁时候。火德流光②,萝图荐祉③,累庆金枝秀④。璇枢绕电,华渚流虹⑤,是日挺生元后⑥。缵唐虞垂拱⑦,千载应期,万灵敷祐。　　殊方异域,争贡琛赆⑧,架巘航波奔凑⑨。三殿称觞⑩,九仪就列⑪,韶頀锵金奏⑫。藩侯瞻望彤庭⑬,亲携僚吏,竞歌元首⑭。祝尧龄⑮,北极齐尊⑯,南山共久⑰。

注释

① 薰风解愠:指政治清明,百姓安居乐业。古诗《南风》:"南风之薰兮,可以解吾民之愠兮。"薰,香气。愠,愁苦怨恨。

② 火德流光:指宋朝,借指宋朝皇帝。古时以五行生克描述王朝兴替。《宋史》卷一《太祖本纪》:"建隆元年春正月乙巳,大赦,改元……三月壬戌,定国运以火德王,色尚赤,腊用戌。"

③ 萝图荐祉:普天同庆的祥瑞图案表达着献福的祝愿。萝图,以香萝织成的坐垫。荐祉,献福。

④ 金枝:古以皇族或皇族后裔谓金枝,这里指皇帝宋仁宗。

⑤ "璇枢"二句:帝王诞生时的祥瑞之兆。《宋书·符瑞志》:"黄帝轩辕氏,母曰附宝,见大电光绕北斗枢星,照郊野,感而孕。二十五月而生黄帝于寿丘。"又载:"帝挚少昊氏,母曰女节,见星如虹,下流华渚,既而梦接意感,生少昊。"璇枢,指北斗。

⑥ 元后:上古时称天子为后或元后,这里指仁宗。

⑦ "缵唐虞"句:继承唐尧虞舜垂拱而治。缵,继承。唐,尧号陶唐。虞,国名,舜生于虞,其后裔又封于虞,故称虞舜。垂拱,垂衣拱手,意思是无为而治。历史上传说尧舜时无为而治,成上古盛世。

⑧ 琛赆(jìn):琛,珍宝。赆,纳贡的财礼。

⑨ 架巇航波:逢山架梯,遇水乘船,跋山涉水的意思。巇,山峰。

⑩ 三殿:指皇宫中的三大殿,这里借指皇宫。

⑪ 九仪:天子朝堂上的各种仪式。《周礼·大宗伯》:"以九仪之礼,正邦国之位。一命受职,再命受服,三命受位,四命受器,五命赐则,六命赐官,七命赐国,八命作牧,九命作伯。"

⑫ 韶濩:古歌乐名,相传为殷汤所作并加以演奏。濩,殷汤所作,歌颂大禹之功,并表达绍继其志的心愿。另有一种解释,就是分为《韶》和《大濩》两个乐歌。《韶》指舜帝所制并演奏的《韶》乐。舜制《韶》颂尧之德,致教平而乐音和,君圣臣贤,天下大治。濩,即《大濩》,是颂大禹之曲。《古今律历考》卷九载:"成汤革夏命……祷于桑林而雨,岁则大熟,作桑林之乐名《大护》,护之言救,谓去虐救民也。"

⑬ 藩侯:领主。天子对藩邦国主所封的侯,有别于封爵。此处指属国之主。

⑭ 元首:天子。

⑮ 尧龄:长寿而尊贵的意思。《尚书·虞书·舜典》"二十有八载,帝乃殂落"句孔安国《传》:"尧年十六即位,七十载求禅,试舜三载,自正月上日至崩二十八载,尧死寿一百一十七岁。"故后以"尧龄"谓长寿。

⑯ 北极齐尊:像天上的北斗那样为臣下所拱卫。《晋书》卷十二《天文志》:"北极五星,钩陈六星,皆在紫宫中。北极,北辰最尊者也,其纽星,天之枢也。天运无穷,三光迭耀,而极星不移,故曰:'居其所而众星共之。'"

⑰ 南山:指长寿,古人有寿比南山之说。

永遇乐

　　天阁英游①，内朝密侍②，当世荣遇③。汉守分麾④，尧庭请瑞⑤，方面凭心膂⑥。风驰千骑，云拥双旌⑦，向晓洞开严署。拥朱辂、喜色欢声⑧，处处竞歌《来暮》⑨。　　吴王旧国⑩，今古江山秀异，人烟繁富。甘雨车行⑪，仁风扇动，雅称安黎庶⑫。棠郊成政⑬，槐府登贤⑭，非久定须归去。且乘闲、孙阁长开⑮，融尊盛举⑯。

注释

① 天阁：即天章阁。
② 内朝密侍：朝中宠臣的意思。内朝，古时皇宫分为内、外朝。据载，外朝是指询众庶之所，内朝是每日视朝处理政务之所。这里泛指朝廷。密侍，此指宠臣。
③ 荣遇：特别荣耀，这里是权位显赫的意思。
④ 汉守分麾：汉守，指班超。《后汉书》卷四七《班超传》记载："超既破番辰，欲进攻龟兹。以乌孙兵强，宜因其力，乃上言：'乌孙大国，控弦十万，故武帝妻以公主，至孝宣皇帝，卒得其用。今可遣使招慰，与共合力。'帝纳之。八月，拜超为将兵长史，假鼓吹幢麾。以徐幹为军司马，别遣卫侯李邑护送乌

孙使者,赐大小昆弥以下锦帛。"分麾,指班超所献睦乌孙而专攻龟兹之策。

⑤ 尧庭请瑞:意思是在皇帝面前求得发兵征讨的命令。《尚书·虞书·舜典》有"辑五瑞,既月,乃日觐四岳群牧,班瑞于群后"句,疏:"乃敛公侯伯子男五等之瑞玉,其圭与璧,悉敛取之。尽以正月之中,乃日月见四岳及群牧,既而更班所敛五瑞于五等之群后而与之,更始见已受尧之禅,行天子之事也。"

⑥ "方面"句:意思是将一方面的战事委任给心腹之臣。心膂,即心腹。

⑦ 双旌:双旗。唐代节度使、观察使辞朝就任时的仪仗。《新唐书》卷四九《百官志》:"节度使掌总军旅,颛诛杀。初授,具帑抹兵仗诣兵部辞见,观察使亦如之。辞日,赐双旌双节。行则建节、树六纛,中官祖送,次一驿辄上闻。"

⑧ 朱辖:古代尊贵者所乘之车。辖,车盖。

⑨ 竞歌《来暮》:百姓们争相歌唱《来暮》曲。《来暮》,即《来暮歌》,古代赞誉行便民之政的官员的歌曲。《后汉书》卷三一《廉范传》记载:"建初中,迁蜀郡太守,其俗尚文辩,好相持短长,范每厉以淳厚,不受偷薄之说。成都民物丰盛,邑宇逼侧,旧制禁民夜作,以防火灾,而更相隐蔽,烧者日属。范乃毁削先令,但严使储水而已。百姓为便,乃歌之曰:'廉叔度,来何暮? 不禁火,民安作。平生无襦今五绔。'"后人常以《来暮歌》以赞颂地方官员治民有政绩。

⑩ 吴王旧国:指苏州,因春秋时吴国曾建都于此,故称。

⑪ 甘雨车行:即甘雨随车,古时歌颂地方官吏德政语。谢承《后汉书》记载:"百里嵩为徐州刺史,州境遭旱,嵩行部,传车所经,甘雨辄注。"

⑫ "仁风"二句:赞颂官员德政语。《晋书》卷九二《袁宏传》载:"时贤皆集,安欲以卒迫试之,临别执其手,顾就左右取一扇而授之曰:'聊以赠行。'宏应声答曰:'辄当奉扬仁风,慰彼黎庶。'"

⑬ 棠郊成政:用召伯布文王之政典。据载,周武王时,召伯循行南国,以布文王之政,或舍甘棠之下,后人思其德而爱其树,因赋《甘棠》诗,后以"甘棠成政"喻行德政。

⑭ 槐府:指学士院。沈括《梦溪笔谈》载:"学士院第三厅学士阁子,当前有一巨槐,素号槐厅。旧传,居此阁者多至入相。学士争槐厅,至有抵彻前人行李而强据之者。予为学士时目观此事。"

⑮ 孙阁长开:当为孙阁常开。史载:汉公孙弘为平津侯,起客馆,开东阁,以延贤人与参谋议。后用此典指能招纳贤士。

⑯ 融尊:《后汉书》卷七十《孔融传》载:"(融)性宽容少忌,好士,喜诱益后进。及退闲职,宾客日盈其门。常叹曰:'坐上客恒满,尊中酒不空,吾无忧矣。'"

卜算子

江枫渐老,汀蕙半凋,满目败红衰翠。楚客登临①,正是暮秋天气。引疏砧、断续残阳里。对晚景、伤怀念远,新愁旧恨相继。　　脉脉人千里。念两处风情,万重烟水。雨歇天高,望断翠峰十二②。尽无言、谁会凭高意。纵写得、离肠万种,奈归云谁寄③。

注释

① 楚客:指汉末诗人王粲。王粲避乱往荆州依刘表,不为重用,思念故乡,登荆州当阳城楼,作《登楼赋》。其中有:"虽信美而非吾土兮,何曾足以少留!"
② 翠峰十二:指巫山十二峰,此处当是泛指。
③ 归云:即归心。古人常以白云归岫喻归乡心情,此处因登高望远,故以归云喻归心。

辑评

清周济《宋四家词选目录序论·附录》"柳永"条:《卜算子慢》"江枫渐老"后阕一气转注,联翩而下,清真最得此妙。

蔡嵩云《柯亭词论》"柳词胜处在气骨"条:柳词胜处在气骨,不在字面。其写景处,远胜其抒情处。而章法大开大阖,为后起清真、梦窗诸家所取法,信为创调名家。如……《卜算子慢》"江枫渐老"……诸阕,写羁旅行役中秋景,均穷极工巧。

鹊桥仙

　　届征途,携书剑,迢迢匹马东去。惨怀,嗟少年易分难聚。佳人方恁缱绻①,便忍分鸳侣。当媚景,算密意幽欢②,尽成轻负。　　此际寸肠万绪③。惨愁颜、断魂无语。和泪眼、片时几番回顾。伤心脉脉谁诉。但黯然凝伫④。暮烟寒雨。望秦楼何处⑤。

注释

① 缱绻:难舍难分。
② 密意幽欢:指男女欢爱。
③ 寸肠万绪:心中多种情绪纠结难以排遣。
④ 黯然凝伫:黯然神伤的意思。
⑤ 秦楼:此处指所恋女子居处。

浪淘沙

梦觉、透窗风一线,寒灯吹息。那堪酒醒,又闻空阶,夜雨频滴。嗟因循、久作天涯客①。负佳人、几许盟言,便忍把、从前欢会,陡顿翻成忧戚②。
愁极。再三追思,洞房深处,几度饮散歌阑,香暖鸳鸯被,岂暂时疏散,费伊心力。殢云尤雨③,有万般千种,相怜相惜。　　恰到如今,天长漏永,无端自家疏隔。知何时、却拥秦云态④,愿低帏昵枕,轻轻细说与,江乡夜夜,数寒更思忆⑤。

注释

① 因循:守旧,沿袭不改。这里指按照以前的方式过日子。
② 陡顿:居然,竟至于。
③ 殢云尤雨:沉湎于男女欢爱之中。殢、尤,沉湎,沉溺。云、雨,即巫山云雨。用巫山神女与楚王欢会典,见宋玉《高唐赋》。
④ 秦云:即秦云楚雨,喻男女之事。
⑤ 寒更:寒夜。

夏云峰

宴堂深。轩楹雨,轻压暑气低沉。花洞彩舟泛斝①,坐绕清浔②。楚台风快③,湘簟冷、永日披襟。坐久觉、疏弦脆管,时换新音。　　越娥兰态蕙心④。逞妖艳、昵欢邀宠难禁。筵上笑歌间发,舄履交侵⑤。醉乡深处⑥,须尽兴、满酌高吟。向此免、名缰利锁⑦,虚费光阴。

注释

① 泛斝(jiǎ):即曲水流觞的意思。斝,古代一种盛酒的器皿。

② 清浔(xún):清澈的水边。浔,水边。

③ "楚台"二句:用宋玉《风赋》典。战国宋玉《风赋》:"楚襄王游于兰台之宫,宋玉、景差侍,有风飒然而至,王乃披襟而当之,曰:'快哉,此风。寡人所与庶人共者耶?'宋玉对曰:'此独大王之风耳,庶人安得而共之。'"

④ 越娥:越地的美女,这里或泛指江南美女。兰态蕙心:姿容姣美,内心聪慧。

⑤ "舄(xì)履"句:鞋子与鞋子碰到一起。舄,鞋子。

⑥ 醉乡:形容饮酒沉醉之后,似乎进入到另外一种状态。沉湎饮酒者,称之为醉乡。

⑦ 名缰利锁:名如缰,利如锁,意思是为名利所拘不能自拔。

辑评

清冯金伯《词苑萃编》卷二十一：俗谓柔言索物曰泥，乃计切，谚所谓软缠也……柳耆卿词"泥欢邀宠最难禁"……字又作"妮"，王通叟词"十三妮子绿窗中"，今山东目婢曰小妮子，其语亦古矣。

浪淘沙令

有个人人。飞燕精神①。急锵环佩上华裀②。促拍尽随红袖举③，风柳腰身。　　簌簌轻裙。妙尽尖新。曲终独立敛香尘。应是西施娇困也，眉黛双颦④。

注释

① 飞燕：即赵飞燕。
② "急锵"句：踏上舞垫，跳起快节奏的舞步，使得身上的佩环铿锵作响。华裀，华丽的舞垫。
③ 促拍：我国古代音乐中的一种乐曲节拍，比较急促。宋张表臣《珊瑚钩诗话》载："乐部中有促拍催酒，谓之《三台》。唐士云：'蔡邕自侍书御史，累迁尚书，不数日间，遍历三台，乐工

以邕洞晓音律,故制曲以悦之。'"
④ "应是"二句:《庄子·天运》载:"故西施病心而矉(同颦)其里,其里之丑人见而美之,归亦捧其心而矉其里。"

辑评

清沈雄《古今词话》:柳耆卿作歇指调云"有个人人……"起句少原调一字。

荔枝香

甚处寻芳赏翠,归去晚。缓步罗袜生尘①,来绕琼筵看。金缕霞衣轻褪②,似觉春游倦。遥认,众里盈盈好身段③。　　拟回首,又伫立、帘帏畔。素脸红眉④,时揭盖头微见⑤。笑整金翘⑥,一点芳心在娇眼⑦。王孙空恁肠断⑧。

注释

① 罗袜生尘:形容美人步态。曹植《洛神赋》:"凌波微步,罗袜生尘。"
② 金缕霞衣:金缕衣轻透如明霞。此泛指服饰精美飘逸。

③ 盈盈：形容女子仪态姣美。《古诗十九首·青青河畔草》："盈盈楼上女，皎皎当窗牖。"
④ 红眉：依词意应该是指古代女子的一种眉妆，具体不详。
⑤ 盖头：古代妇女用来遮面的方形丝织物。《清波杂志》记载："妇女步通衢，以方幅紫罗障面遮半身，俗谓之盖头。"
⑥ 金翘：妇女的头饰。
⑦ 芳心在娇眼：眉眼传情的意思。
⑧ 王孙：泛指贵公子，古诗词里常指一般青年男子。

古倾杯

冻水消痕①，晓风生暖，春满东郊道。迟迟淑景②，烟和露润，偏绕长堤芳草。断鸿隐隐归飞③，江天杳杳。遥山变色，妆眉淡扫④。目极千里，闲倚危樯迥眺⑤。　动几许、伤春怀抱。念何处、韶阳偏早⑥。想帝里看看⑦，名园芳树，烂漫莺花好。追思往昔年少。继日恁、把酒听歌，量金买笑。别后暗负，光阴多少。

注释

① 冻水：结冰的寒水。

② 淑景:美景。
③ 断鸿:孤雁,失群之雁。
④ 妆眉淡扫:此指远山隐约可见,如所思恋女子淡淡的眉妆。
⑤ 危樯:船上的桅杆。
⑥ 韶阳:和美的阳光。
⑦ 帝里:此指北宋都城汴京。

辑评

清陈锐《袌碧斋词话》"柳词隔句协"条:隔句协,始于《诗》之"萧萧马鸣,悠悠旆旌","萧""悠"为韵。而古风之"思君令人老,岁月忽已晚。弃捐勿复道,努力加餐饭","老""道"继之。词则柳耆卿《倾杯乐》(实为《古倾杯》)云:"动几许伤春怀抱,念何处韶阳偏早。""许""处"为韵也。

倾 杯

离宴殷勤,兰舟凝滞,看看送行南浦①。情知道世上,难使皓月长圆,彩云镇聚。算人生、悲莫悲于轻别,最苦正欢娱,便分鸳侣。泪流琼脸,梨花一枝春带雨②。　　惨黛蛾、盈盈无绪。共黯然消魂③,

重携纤手,话别临行,犹自再三、问道君须去。频耳畔低语。知多少、他日深盟,平生丹素④。从今尽把凭鳞羽⑤。

注释

① 南浦:泛指送别之地。
② "泪流"二句:化用白居易《长恨歌》"玉容寂寞泪阑干,梨花一枝春带雨"诗意,形容女子虽泪流满面仍娇美可爱。琼脸,形容面容姣好。
③ 黯然消魂:指因为别离而沮丧伤心。江淹《别赋》中有"黯然销魂者,唯别而已矣"句。
④ 丹素:用丹笔写于素帛,这里指情书。
⑤ 鳞羽:谓鱼雁。古时有以鱼雁传书之说,故云。古乐府《饮马长城窟行》中有:"客从远方来,遗我双鲤鱼。呼儿烹鲤鱼,中有尺素书。"

辑评

清陈锐《裒碧斋词话》:柳词云"算人生、悲莫悲于轻别"……此从古乐府出。美成词云:"大都世间最苦惟聚散。"乃得此意。

破阵乐

露花倒影,烟芜蘸碧,灵沼波暖①。金柳摇风树树②,系彩舫龙舟遥岸。千步虹桥③,参差雁齿④,直趋水殿。绕金堤、曼衍鱼龙戏⑤,簇娇春罗绮,喧天丝管。霁色荣光,望中似睹,蓬莱清浅⑥。　　时见。凤辇宸游⑦,鸾觞禊饮⑧,临翠水、开镐宴⑨。两两轻舠飞画楫⑩,竞夺锦标霞烂⑪。馨欢娱,歌鱼藻⑫,徘徊宛转。别有盈盈游女,各委明珠,争收翠羽,相将归远⑬。渐觉云海沉沉,洞天日晚⑭。

注释

① 灵沼:周朝时的池沼,此处泛指禁中池沼。
② 金柳:刚长出来的柳叶,嫩黄如金,故称。
③ 虹桥:拱曲如虹的长桥。宋王辟之《渑水燕谈录·事志》载:"陈希亮守宿,以汴桥坏,率尝损官舟害人,乃命法青州所作飞桥,至今沿汴皆飞桥,为往来之利,俗曰虹桥。"
④ 雁齿:犹云雁行,以喻排列整齐。
⑤ 鱼龙戏:指赛龙舟之类的表演。
⑥ "望中"二句:用麻姑谈蓬莱典。《神仙传》载:"汉孝桓帝时,神仙王远,字方平,降于蔡经家……独坐久之,即令人相访麻

姑……麻姑至矣,来时已先闻人马箫鼓声。既至,从官半于方平。麻姑至,蔡经亦举家见之。是好女子,年十八九许,于顶中作髻,余发垂至腰,其衣有文章,而非锦绮,光彩耀目,不可名状。入拜方平。方平为之起立。坐定,召进行厨,皆金盘玉杯……麻姑自说云:'接待以来,已见东海三为桑田。向到蓬莱,水又浅于往者会时略半也,岂将复还为陵陆乎?'"

⑦ 凤辇宸游:天子乘辇出游。

⑧ 禊饮:祓禊之后的宴筵。旧俗于水旁灌濯以祓除妖邪,上巳为春禊,后定三月三日为禊辰,禊后之宴为禊饮。

⑨ "临翠水"句:指宋朝皇帝在水边开御宴。《东京梦华录》卷七"驾幸临水殿观争标锡宴"条:"驾先幸池之临水殿,锡宴群臣。殿前出水棚,排立仪卫,近殿水中横列四彩舟,上有诸军百戏……所谓小龙船,列于水殿前,东西相向,虎头飞鱼等船,布在其后,如两阵之势。须臾,水殿前水棚上一军校以红旗招之,龙船各鸣锣鼓出阵,划棹旋转,共为圆阵,谓之旋罗。水殿前,又以旗招之,其船分而为二,各圆阵,谓之海眼。又以旗招之,两队船相交互,谓之交头。又以旗招之,则诸船皆列五殿之东面,对水殿排成行列,则有小舟一军校执一竿上挂,以锦彩银碗之类,谓之标竿,插在近殿水中。又见旗招之,则两行舟鸣鼓并进,捷者得标,则山呼拜舞,并虎头船之类,各三次争标而止。其小船复引大龙船,入奥屋内矣。"镐宴,即御宴,以周武王都于镐,故云。

⑩ 舠(dāo):小船。《诗经·卫风·河广》:"谁谓河广,曾不容

刀。"刀,即舠。

⑪ 锦标霞烂:唐宋有竞舟夺标之俗。

⑫ 鱼藻:《诗经·小雅》中篇名。《诗序》以为刺幽王之作,"言万物失其性,王居镐京,特不能以自乐,故君子思古之武王也"。

⑬ "别有"四句:描绘士女出游的盛况。《东京梦华录》卷七"三月一日开金明池琼林苑"条:"三月一日,州西顺天门外开金明池、琼林苑,每日教习车驾上池仪范,虽禁从士庶许纵赏,御史台有榜,不得弹劾……不禁游人,殿上下回廊,皆关扑、钱物、饮食、伎艺人、作场、勾肆,罗列左右,桥上两边,用瓦盆内掷头钱、关扑、钱物、衣服动使游人还往,荷盖相望。桥之南,立棂星门,门里对立彩楼,每争标作乐,列妓女于其上,门相对街南,有砖石甃砌高台,上有楼观广百丈许,曰宝津楼。前至池,门阔百余丈,下瞰仙桥水殿。车驾临幸,观骑射、百戏于此。池之东岸,临水近墙,皆垂杨。两边皆彩棚幕,次临水,假赁观看争标。街东皆酒食店舍,博易场户,艺人勾肆、质库,不以几日,解下只至闲池,便典没出卖。北去直至池后门,乃汴河西水门也。其池之西岸,亦无屋宇,但垂杨蘸水,烟草铺堤,游人稀少,多垂钓之士,必于池苑所买牌子,方许捕鱼。游人得鱼,倍其价买之,临水砟脍,以荐芳樽,乃一时佳味也。习水教罢,系小龙船于此。池岸正北对五殿,起大屋,盛大龙船,谓之奥屋。车驾临幸,往往取二十日。诸禁卫班直,簪花披锦绣,捻金线衫袍、金带勒帛之类结束,竞逞鲜新,出内府金枪,宝装弓剑,龙凤绣旗,红缨锦辔,万骑争驰铎

声震地。"

⑭ 洞天:道教称神仙所居的天下名山胜境,此指繁华的汴京。

辑评

清王奕清《历代词话》卷四"露花倒影柳屯田"条引苏轼语:"山抹微云"秦学士,"露花倒影"柳屯田。

双声子

晚天萧索,断蓬踪迹,乘兴兰棹东游①。三吴风景②,姑苏台榭③,牢落暮霭初收④。夫差旧国⑤,香径没、徒有荒丘⑥。繁华处,悄无睹,惟闻麋鹿呦呦⑦。　　想当年、空运筹决战,图王取霸无休⑧。江山如画,云涛烟浪,翻输范蠡扁舟⑨。验前经旧史,嗟漫载、当日风流。斜阳暮草茫茫,尽成万古遗愁。

注释

① 兰棹:兰舟,船的美称。

② 三吴：古时以苏州、常州、湖州为三吴。

③ 姑苏：山名，在江苏吴县西南，古时以山名州，指苏州。

④ 牢落：即寥落、稀疏零落的样子。

⑤ 夫差旧国：指苏州，春秋时吴王夫差曾立都于此地，故称。

⑥ 香径：即采香径，在香山上。《太平寰宇记》载，吴地有山，吴王曾遣美人采香于此，因名香山，山上有采香径。

⑦ 麋鹿呦呦：《诗经·小雅·鹿鸣》："呦呦鹿鸣，食野之苹。"这里是指繁华不再，抒发故国丘山之情。

⑧ "想当年"三句：指春秋时吴王争霸诸侯事，从词情看，主要是指吴越争霸事。

⑨ 范蠡：春秋时楚人，仕越。吴越争霸时，曾送西施入吴。据传越灭吴后，与西施驾扁舟泛五湖而去。后入齐，变姓名为鸱夷子皮，经商致富，居于陶，自号陶朱公。

阳台路

楚天晚。坠冷枫败叶，疏红零乱。冒征尘、匹马驱驱，愁见水遥山远。追念少年时，正恁凤帏，倚香偎暖。嬉游惯。又岂知、前欢云雨分散①。　　此际空劳回首，望帝里、难收泪眼。暮烟衰草，算暗锁、路歧无限②。今宵又、依前寄宿,甚处苇村山馆。寒灯畔。夜厌厌、凭何消遣③。

注释

① 云雨分散:用宋玉《高唐赋》典,指男女欢爱情事。
② 路歧:即歧路。
③ 夜厌厌:《诗经·小雅·湛露》:"厌厌夜饮,不醉无归。"这里指夜里无聊情状。

内家娇

煦景朝升,烟光昼敛①,疏雨夜来新霁②。垂杨艳杏,丝软霞轻,绣出芳郊明媚。处处踏青斗草③,人人眷红偎翠④。奈少年、自有新愁旧恨,消遣无计⑤。　　帝里。风光当此际。正好恁携佳丽。阻归程迢递⑥。奈好景难留,旧欢顿弃。早是伤春情绪,那堪困人天气。但赢得、独立高原,断魂一饷凝睇。

注释

① 烟光:指在阳光照射下慢慢升腾的雾气。

② 新霁:雨后天刚放晴。

③ 踏青斗草:古代清明节时郊游踏青的习俗。斗草,古代的一种游戏。南朝梁宗懔《荆楚岁时记》:"五月五日,四民并踏百草,又有斗百草之戏。"

④ 眷(juàn)红偎翠:在美丽春景中流连忘返的意思。

⑤ 消遣无计:即无计消遣,无法排解的意思。

⑥ 迢递:遥远。

二郎神

炎光谢。过暮雨、芳尘轻洒。乍露冷风清庭户,爽天如水,玉钩遥挂①。应是星娥嗟久阻,叙旧约、飙轮欲驾②。极目处、微云暗度,耿耿银河高泻。　　闲雅。须知此景,古今无价。运巧思、穿针楼上女③,抬粉面、云鬟相亚④。钿合金钗私语处,算谁在、回廊影下。愿天上人间,占得欢娱,年年今夜⑤。

《二郎神》（炎光谢）

注释

① 玉钩:弦月,因其形如钩,故云。

② "应是"二句:用牛郎织女传说,寓与所爱之人苦苦相恋之意。星娥,指织女。民间传说织女恋人间牛郎,下到凡界与之结为夫妇,后被王母发现,捉织女返天界,牛郎携子追之。刚要追上,王母以玉簪划天河将他们隔开,只许他们每年七夕于鹊桥相会。

③ 穿针:指乞巧。《荆楚岁时记》载:"七月七日为牵牛、织女聚会之夜。是夕,人家妇女结彩楼,穿七孔针,或以金银鍮石为针,陈瓜果于庭中以乞巧。"

④ 云鬟相亚:即云鬟相压,指美人头发堆压。云鬟,古代女子的一种发式。

⑤ "钿合金钗"五句:用杨贵妃与唐明皇故事。《杨妃外传》载:"方士杨幽通自云有李少君术,上皇命致贵妃神。出天界,没地府,求之不见。东绝大海,跨蓬、壶,有洞户署其门曰'玉妃太真院'。碧衣侍女诘其所以来,方士称天子使者。延入。妃出,冠金莲,帔紫绡,曳凤舄,问帝安否。取金钗钿合,折其半曰:'寻旧好也。'方士请当时一事不闻于他人者为验,不然恐负新垣平之诈。妃曰:'骊山宫七夕,感牛女事,密相誓曰世世为夫妻,此特君王所知耳。因自悲,由此一念,又不得居此,复随下界,且结后缘。或为天,或为人,决再相见。上皇亦不久人间,幸自爱,无自苦耳。'"白居易《长恨歌》中有:"七月七日长生殿,半夜无人私语时。在天愿作比翼鸟,在地愿为连理枝……钗留一股合一扇,钗擘黄金合分钿。但教心似

金钿坚,天上人间会相见。"后世便以此指矢志不渝的爱情。

辑评

清丁绍仪《听秋声馆词话》卷一:柳耆卿七夕《二郎神》云……首句有作"炎光初谢"者,乃沈天羽妄增,不足据。《二郎神》本有三字起体,王梅溪咏海棠词正与此同,惟中间多押四韵,后结句读平仄稍异而已。

醉蓬莱

渐亭皋叶下,陇首云飞①,素秋新霁②。华阙中天③,锁葱葱佳气。嫩菊黄深,拒霜红浅④,近宝阶香砌。玉宇无尘,金茎有露⑤,碧天如水。　　正值升平,万几多暇⑥,夜色澄鲜,漏声迢递。南极星中,有老人呈瑞⑦。此际宸游,凤辇何处,度管弦清脆。太液波翻⑧,披香帘卷⑨,月明风细。

注释

① "亭皋"二句:化用梁朝柳恽诗"亭皋木叶下,陇首秋云飞",描

绘秋季风景。陇首,本为山名,在关中,这里泛指高山之巅。
② 素秋:秋季,因秋季肃杀之气,万物呈凋萎之态,故称。
③ 华阙中天:传说中的神仙宫殿。华阙,相传为西王母所居。中天,相传为周穆王所筑。这里用来借喻朝廷宫殿。
④ 拒霜:芙蓉的别名。以其艳如荷花,八九月始开,能拒冷霜,故名。
⑤ 金茎有露:汉武帝所建仙人承露盘。
⑥ 万几:即万机。指皇帝日理万机。
⑦ "南极"二句:《晋书》卷十一《天文志》:"老人一星,在弧南,一曰南极,常以秋分之旦见于丙,春分之夕而没于丁,见则治平,主寿昌,常以秋分候之南郊。"
⑧ 太液:即太液池,汉禁苑中池名,在今陕西长安区西北。汉武帝营造建章宫,于宫北造大池、渐台,名曰太液池,中有蓬莱、方丈、瀛洲,以象征海中三神山。此借喻宋朝汴京禁苑中的池沼。
⑨ 披香:即披香殿,汉宫殿名,此借喻宋朝汴京的宫殿。

辑评

宋魏庆之《魏庆之词话》:余谓柳作此词,借使不忤旨,亦无佳处,如"嫩菊黄深,拒霜红浅",竹篱茅舍间,何处无此景物。方之李谪仙、夏英公等应制词,殆不啻天冠地履也。

宋王辟之《渑水燕谈录》卷八:柳三变景祐末登进士第,少有俊才,尤精乐章。后以疾更名永,字耆卿。皇祐中,久困选调,入内都知史某爱其才而怜其潦倒,会教坊进新曲《醉蓬莱》,时司天台奏老人星见,史乘机荐之,仁宗大悦。

宋杨湜《古今词话》:柳耆卿祝仁宗皇帝寿,作《醉蓬莱》一曲云……此词一传,天下皆称妙绝。盖中间误使"宸游凤辇"挽章句。耆卿作此词,惟务钩摘好语,却不参考出处。仁宗皇帝览而恶之。及御注差,注至耆卿,抹其名曰:"此人不可仕宦,尽从他花下'浅斟低唱'。"由是沦落贫窭。终老无子,掩骸僧舍。京西妓者,鸠钱葬于枣阳县花山。既出郊原,有浪子数人戏曰:"这大伯做鬼也爱打闹。"其后遇清明日,游人多狎饮坟墓之侧,谓之"吊柳七"。

清焦循《雕菰楼词话》:柳屯田《醉蓬莱》词,以篇首"渐"字与"太液波翻""翻"字见斥。有善词者问,余曰:"词所以被管弦,首用'渐'字起调,与下'亭皋叶下,陇首云飞',字字响亮,尝欲以他字易之,不可得也。至'太液波翻',仁宗谓何不云'波澄',无论'澄'字前已用过。而'太'为徵音,'液'为宫音,'波'为羽音,若用'澄'字商音,则不能协,故仍用羽音之'翻'字。两羽相属,盖宫下于徵,羽承于商,而徵下于羽。'太液'二字,由出而入,'波'字由入而出,再用'澄'字而入,则一出一入,又一出一入,无复节奏矣。且由'波'字接'澄'字,不能相生。此定用'翻'字。'波翻'二字,同是羽音,而一轩一轾,以为俯仰,此柳氏深于音调也。"

清王奕清《历代词话》卷四"柳永《醉蓬莱》"条引《太平乐府》:景祐中,柳永以登第冀进用,适春天老人星现,左右令永作

《醉蓬莱》词以献,曰(略),仁宗见之不怿。

清沈雄《古今词话·词话》上卷"柳永以词遭贬"条:《太平乐府》曰:柳永曲调传播四方,尝候榜作《鹤冲天》词云:"忍把浮名,换了浅斟低唱。"仁宗闻之曰:"此人风前月下,浅斟低唱,好填词去。"柳永下第,自此词名益振。后以登第冀进用,适奏老人星现。左右令永作《醉蓬莱》以献云(略)。仁宗一看"渐"字便不怿,至"此际宸游,凤辇何处",却与挽真宗词意相合,为之怅然。再读"太液波翻"字,仁宗欲以"澄"字换"翻"字,投之于地。

清冯金伯《词苑萃编》卷之十一"柳永醉蓬莱"条:景祐中,柳永以登第冀进用。适奏老人星现,左右令永作《醉蓬莱》词以献曰:(略)。上见首有"渐"字,色若不怿,读至"宸游凤辇何处",乃与御制真宗挽词暗合,上惨然。又读至"太液波翻",曰:"何不言'波澄'?"投之于地,自此不复擢用。

宣　清

残月朦胧,小宴阑珊,归来轻寒凛凛。背银釭、孤馆乍眠①,拥重衾、醉魄犹噤②。永漏频传,前欢已去,离愁一枕。暗寻思、旧追游,神京风物如锦。　　念掷果朋侪③,绝缨宴会④,当时曾痛饮。

命舞燕翩翩⑤,歌珠贯串,向玳筵前,尽是神仙流品,至更阑、疏狂转甚。更相将、凤帏鸳寝。玉钗乱横,任散尽高阳⑥,这欢娱、甚时重恁。

注释

① 银釭(gāng):银灯,灯的美称。

② 噤:这里指打寒战。

③ "念掷果"句:用潘安貌美典。《世说新语·容止》引《语林》:"安仁至美,每行,老妪以果掷之满车。"此为女悦男之典型。指男女倾慕。

④ "绝缨"句:刘向《说苑·复恩》:"楚庄公赐群臣酒,日暮酒酣,灯烛灭,乃有人引美人之衣者,美人援绝其冠缨。王以为赐人酒,使醉失礼,奈何欲显妇人之节而辱士乎。乃命左右曰:'今日与寡人饮,不绝冠缨者不欢。'群臣皆绝其冠缨而上火。居三年,晋与楚战,有一臣在前,五合五奋,首却敌。问之,曰:'臣乃夜绝缨者也。'"此为男悦女之典型。

⑤ 舞燕:善舞的赵飞燕。赵飞燕为汉成帝宫人,身轻善舞。这里泛指舞女。

⑥ "玉钗"二句:用宋玉《高唐赋》典。战国宋玉《高唐赋》载:楚王游高唐,梦与神女欢会,临别时神女云:"妾在巫山之阳,高丘之阻。旦为朝云,暮为行雨。朝朝暮暮,阳台之下。"

锦堂春

坠髻慵梳①,愁蛾懒画,心绪是事阑珊②。觉新来憔悴,金缕衣宽。认得这疏狂意下,向人诮譬如闲③。把芳容整顿,怎地轻孤,争忍心安。 依前过了旧约,甚当初赚我,偷翦云鬟④。几时得归来,春阁深关。待伊要、尤云殢雨⑤,缠绣衾、不与同欢。尽更深、款款问伊,今后敢更无端。

注释

① 坠髻:古代妇女的一种发式。
② 阑珊:此指心绪不好,情绪不高。
③ 诮譬如闲:闲暇无事一样地又是责怪又是晓谕。
④ 偷翦云鬟:偷偷剪下一绺头发。古代女子与情人相别,因情无所托,即剪发以赠。云鬟,指女子的头发。
⑤ 尤云殢雨:沉湎于男女欢爱之中。尤、殢,沉湎,沉溺。云雨,即巫山云雨。用巫山神女与楚王欢会典。见宋玉《高唐赋》。

定风波

自春来,惨绿愁红,芳心是事可可①。日上花梢,莺穿柳带,犹压香衾卧。暖酥消,腻云嚲②。终日厌厌倦梳裹。无那③。恨薄情一去,音书无个。早知恁么。悔当初、不把雕鞍锁。向鸡窗④,只与蛮笺象管⑤,拘束教吟课。镇相随,莫抛躲。针线闲拈伴伊坐。和我。免使年少,光阴虚过。

注释

① 是事:犹事事,凡事。可可:漫不经心。
② "暖酥"二句:指女子温润酥嫩的肌肤和浓妆的头发。腻云嚲(duǒ),此指柔腻浓密的头发。嚲,下垂。
③ 无那:无奈。
④ 鸡窗:书斋的代称。据《幽明录》载,晋兖州刺史宋处宗,得一长鸣鸡,遂笼于窗前。不意此鸡竟能人语,与处宗谈论,颇有见识,处宗因而成为善言者。
⑤ 蛮笺:指当时四川益州等地出的好纸。象管:象牙制的笔管。此指珍贵的毛笔。

辑评

张舜民《画墁录》:柳三变既以词忤仁庙,吏部不敢改官。三变不能堪,诣政府。晏公曰:"贤俊作曲子么?"三变曰:"只如相公亦作曲子。"公曰:"殊虽作曲子,不曾道'彩线慵拈伴伊坐'。"柳遂退。

诉衷情近

雨晴气爽,伫立江楼望处。澄明远水生光,重叠暮山耸翠。遥认断桥幽径①,隐隐渔村,向晚孤烟起②。　　残阳里。脉脉朱阑静倚③。黯然情绪,未饮先如醉。愁无际。暮云过了,秋光老尽,故人千里。竟日空凝睇④。

注释

① 断桥:桥名,在杭州西湖上,自唐以来已有其名。宋周密《武林旧事·湖山胜概》:"断桥,又名段家桥,万柳如云,望如裙带。"
② 向晚:临晚,傍晚。
③ 朱阑:即朱栏,红漆的栏杆。
④ 凝睇:注目远眺。这里指思念远人而出神远眺。

辑评

清吴衡照《莲子居词话》卷三"柳永《诉衷情近》"条:屯田《诉衷情近》七十五字体:"雨晴气爽,伫立江楼望处。澄明远水生光,重叠暮山耸翠。"红友于"翠"字注韵,殊不知"处"字即韵。蒋胜欲《探春令》,"处"、"翅"、"住"、"指"并叶可证。且从无至第四句二十二字才起韵之理。

诉衷情近

景阑昼永,渐入清和气序①。榆钱飘满闲阶②,莲叶嫩生翠沼。遥望水边幽径,山崦孤村③,是处园林好。　　闲情悄。绮陌游人渐少。少年风韵,自觉随春老。追前好。帝城信阻,天涯目断,暮云芳草。伫立空残照。

注释

① 清和:本指农历二月,后称四月。清胡鸣玉《订论杂录·清和月》:"二月为清和。张平子《归田赋》:'仲春令月,时和气清。'谢灵运诗:'首夏犹清和。'今以四月当之。"
② 榆钱:榆荚。以其状如钱而小,色白成串,故名。
③ 山崦(yān):山坳。崦,古代指太阳落山的地方。

留客住

偶登眺。凭小阑、艳阳时节,乍晴天气,是处闲花芳草。遥山万叠云散,涨海千里①,潮平波浩渺。

烟村院落,是谁家绿树,数声啼鸟。　　旅情悄。远信沉沉,离魂杳杳。对景伤怀,度日无言谁表②。惆怅旧欢何处,后约难凭,看看春又老。盈盈泪眼,望仙乡③,隐隐断霞残照。

注释

① 涨海:涨潮使海面变宽。
② 谁表:向谁倾诉。
③ 仙乡:此指所恋女子之居处。

迎春乐

近来憔悴人惊怪。为别后、相思煞①。我前生、负你愁烦债。便苦恁难开解。　　良夜永、牵情无计奈。锦被里、余香犹在。怎得依前灯下,恣意怜娇态。

注释

① 相思煞:相思得厉害。

隔帘听

咫尺凤衾鸳帐,欲去无因到。鰕须窣地重门悄①。认绣履频移②,洞房杳杳。强语笑。逞如簧、再三轻巧③。　　梳妆早。琵琶闲抱。爱品相思调④。声声似把芳心告。隔帘听,赢得断肠多少。恁烦恼。除非共伊知道。

注释

① 鰕须窣地:虾须门帘垂落地面。鰕须,指古时用大海虾须做成的门帘。窣地,猝然垂地。
② 绣履:即绣花鞋。
③ 如簧:形容歌喉婉转动听。
④ 品:品味。这里指用琵琶弹奏。

辑评

清丁绍仪《听秋声馆词话》卷十四:词中换头句扼一篇之要,故分段不容混淆。乃《词律》有不知旧本之误而误分未分者,亦有明知其误而未订正者。如……《隔帘听》,应于"逞如簧再三轻巧"句分段。

凤归云

恋帝里，金谷园林①，平康巷陌②，触处繁华，连日疏狂，未尝轻负，寸心双眼。况佳人、尽天外行云③，掌上飞燕④。向玳筵、一一皆妙选。长是因酒沉迷，被花萦绊⑤。　　更可惜、淑景亭台，暑天枕簟⑥。霜月夜凉，雪霰朝飞，一岁春光，尽堪随分，俊游清宴。算浮生事，瞬息光阴，锱铢名宦⑦。正欢笑，试恁暂时分散。却是恨雨愁云⑧，地遥天远。

注释

① 金谷：金谷园，在河南洛阳西北。《晋书》卷三三《石崇传》："崇有别馆在河阳之金谷，一名梓泽，送者倾都，帐饮于此焉。"
② 平康：唐代平康坊，在长安，为妓女聚居之地。当时习俗，新进士常游其中。
③ 天外行云：仙女，这里指代众歌妓。宋玉《高唐赋》中描述巫山神女与楚王欢会，临别称自己："旦为朝云，暮为行雨。"
④ 掌上飞燕：飞燕，汉成帝宫人赵飞燕，相传舞态轻盈。
⑤ 被花萦绊：指与女子情感纠葛。
⑥ 枕簟：枕席。簟，凉席。

⑦ 锱铢:细小轻微。古制十黍为累,十累为铢,六铢为锱,二十四铢为两。锱铢连用指微不足道。
⑧ 恨雨愁云:云雨愁恨,指男女之间情爱引起愁情恨意。云雨,用宋玉《高唐赋》典。

抛球乐

晓来天气浓淡①,微雨轻洒。近清明,风絮巷陌,烟草池塘,尽堪图画。艳杏暖、妆脸匀开,弱柳困、宫腰低亚②。是处丽质盈盈,巧笑嬉嬉,争簇秋千架。戏彩球罗绶③,金鸡芥羽④,少年驰骋,芳郊绿野。占断五陵游⑤,奏脆管、繁弦声和雅。　　向名园深处,争桅画轮⑥,竞羁宝马。取次罗列杯盘,就芳树、绿阴红影下。舞婆娑,歌宛转,仿佛莺娇燕姹。寸珠片玉,争似此、浓欢无价。任他美酒,十千一斗⑦,饮竭仍解金貂赁⑧。恣幕天席地⑨,陶陶尽醉太平,且乐唐虞景化⑩。须信艳阳天,看未足、已觉莺花谢。对绿蚁翠娥⑪,怎忍轻舍。

注释

① 天气浓淡：指天气阴晴变化。

② 宫腰：即楚宫腰，指细腰。用"楚王好细腰"典。

③ 彩球罗绶：旧时有寒食节以彩球为戏的习俗。罗绶，彩球上的丝带。

④ 金鸡芥羽：古代的斗鸡游戏。

⑤ 五陵：地名，在长安附近，因有汉代长陵、安陵、阳陵、茂陵、平陵五帝陵墓，故称。其地为豪族所居，故后世多代指豪族集居之地。

⑥ 争柅(ní)画轮：争着停下绘有彩漆的华丽车辆，争着停下车来的意思。柅，止车木，即车辖。画轮，以彩漆画轮毂的车辆。

⑦ "任他"二句：价很高的美酒。曹植《名都篇》："我归宴平乐，美酒斗十千。"

⑧ 解金貂贳(shì)：解下名贵的帽子去抵钱买酒。金貂，古代武将所戴的一种名贵的帽子。贳，贷，卖。

⑨ 幕天席地：以天作幕，以地为席。这里指郊游。

⑩ 唐虞：唐尧、虞舜，上古时帝王，传说他们统治时期为盛世。

⑪ 绿蚁翠娥：醇酒和美女。绿蚁，古代一种美酒名。翠娥，指美女。

集贤宾

小楼深巷狂游遍,罗绮成丛。就中堪人属意,最是虫虫①。有画难描雅态,无花可比芳容。几回饮散良宵永,鸳衾暖、凤枕香浓。算得人间天上,惟有两心同②。　　近来云雨忽西东③。烦恼损情悰④。纵然偷期暗会,长是匆匆。争似和鸣偕老⑤,免教敛翠啼红⑥。眼前时、暂疏欢宴,盟言在、更莫忡忡⑦。待作真个宅院,方信有初终⑧。

注释

① 虫虫:依词意,应该是指所恋女子艺名。
② "算得"二句:用唐明皇杨贵妃故事。白居易《长恨歌》记临邛道士寻得贵妃魂魄后:"回头下望人寰处,不见长安见尘雾。唯将旧物表深情,钿合金钗寄将去。钗留一股合一扇,钗擘黄金合分钿。但令心似金钿坚,天上人间会相见。临别殷勤重寄词,词中有誓两心知。七月七日长生殿,夜半无人私语时。在天愿作比翼鸟,在地愿为连理枝。天长地久有时尽,此恨绵绵无绝期。"
③ 云雨忽西东:指男女分别。云雨,用宋玉《高唐赋》所记楚王与巫山神女欢会典。

④ 情悰(cóng):情绪。悰,心情。
⑤ 和鸣偕老:夫妻和谐白头到老。和鸣,琴瑟和鸣,古时喻指夫妇和谐。偕老,到老,古时指夫妻相守一生一世。
⑥ 敛翠啼红:形容女子愁哭情状。敛翠,指翠眉紧锁。啼红,因啼哭濡晕红妆。
⑦ 忡忡:愁苦之状。
⑧ 初终:始终,有始有终的意思。

殢人娇

当日相逢,便有怜才深意。歌筵罢、偶同鸳被。别来光景,看看经岁。昨夜里、方把旧欢重继。晓月将沉,征骖已备①。愁肠乱、又还分袂②。良辰好景,恨浮名牵系。无分得、与你恣情浓睡③。

注释

① 征骖已备:出行的车马已经备好。
② 分袂:离别。
③ 恣情:纵情。

思归乐

天幕清和堪宴聚①。想得尽、高阳俦侣②。皓齿善歌长袖舞③。渐引入、醉乡深处。　　晚岁光阴能几许。这巧宦、不须多取④。共君且把酒听杜宇⑤。解再三、劝人归去。

注释

① 天幕清和：天气清和的意思。
② 高阳俦侣：酒友。《史记》卷九十七《郦生传》补："初，沛公引兵过陈留，郦生踵军门上谒曰：'高阳贱民郦食其，窃闻沛公暴露，将兵助楚伐不义，敬劳从者，愿得望见，口画天下便事。'使者入通。沛公方洗，问使者曰：'何如人也？'使者对曰：'状貌类大儒，衣儒衣，冠侧注。'沛公曰：'为我谢之，言我方以天下为事，未暇见儒人也。'使者出谢曰：'沛公敬谢先生：方以天下为事，未暇见儒人也。'郦生瞋目案剑叱使者曰：'走！复入言沛公，吾高阳酒徒也，非儒人也。'"
③ "皓齿"句：能歌善舞的意思。皓齿，洁白的牙齿，代指歌喉。长袖舞，长袖善舞的意思，指舞姿优美。语出《韩非子·五蠹》："长袖善舞，多钱善贾。"
④ 巧宦：巧于宦途手段，指不靠事功而凭机缘得以升迁的仕宦途径。

⑤ 杜宇:杜鹃鸟,相传为古蜀国望帝魂魄所化,鸣声如"不如归去",声甚哀。

应天长

残蝉渐绝。傍碧砌修梧①,败叶微脱。风露凄清,正是登高时节②。东篱霜乍结。绽金蕊、嫩香堪折③。聚宴处,落帽风流④,未饶前哲。　　把酒与君说。恁好景佳辰,怎忍虚设。休效牛山,空对江天凝咽⑤。尘劳无暂歇⑥。遇良会、剩偷欢悦。歌声阕。杯兴方浓,莫便中辍。

注释

① 碧砌修梧:高门大户人家屋前修美的梧桐。碧砌,碧瓦高墙的华屋。

② 登高时节:登高节,即重阳节。古时有重阳登高饮酒,妇人佩戴茱萸囊的习俗。

③ 金蕊:金黄色的花蕊,此指菊花。

④ 落帽风流:用孟嘉登高落帽典。《晋书》卷九八《孟嘉传》:"九月九日,(桓)温燕龙山,僚佐毕集。时佐吏并着戎服,有风

至,吹嘉帽堕落,嘉不之觉。温使左右勿言,欲观其举止。嘉良久如厕,温令取还之,命孙盛作文嘲嘉,着嘉坐处。嘉还见,即答之,其文甚美,四座嗟叹。"
⑤ "休效"句:《晏子春秋》载:"景公游于牛山,北临其国城而流涕曰:'若何滂滂去此而死乎?'艾孔、梁丘据皆从而泣,晏子独笑于旁。"牛山,在山东临淄南。
⑥ 尘劳:尘世间的劳苦。

合欢带

　　身材儿、早是妖娆。算风措、实难描①。一个肌肤浑似玉,更都来、占了千娇。妍歌艳舞,莺惭巧舌②,柳妒纤腰。自相逢,便觉韩娥价减③,飞燕声消④。　　桃花零落,溪水潺湲,重寻仙径非遥⑤。莫道千金酬一笑⑥,便明珠、万斛须邀。檀郎幸有⑦,凌云词赋⑧,掷果风标⑨。况当年,便好相携,凤楼深处吹箫⑩。

注释

① 风措:风姿,姿容。措,举措,举止。

② "莺惭"句：形容歌喉婉转动听胜过黄莺。
③ 韩娥：《列子·汤问》载："昔韩娥东之齐，匮粮，过雍门，鬻歌假食。既去，而余音绕梁欐，三日不绝，左右以其人弗去。遇逆旅，逆旅人辱之。韩娥因曼声哀哭，一里老幼悲愁，垂泣相对，三日不食。遽而追之，娥还，复为曼声长歌，一里老幼喜跃抃舞，弗能自禁，忘向之悲也，乃厚赂发之。故雍门之人，至今善歌哭，放娥之遗声。"
④ 飞燕：赵飞燕，汉成帝宫人，能歌善舞，舞姿轻盈。
⑤ "桃花"三句：用武陵人桃源遇仙典。陶渊明《桃花源记》载，晋太元中，武陵渔人误入桃源，见其屋舍俨然，有良田美池，阡陌交通，鸡犬相闻，男女老少怡然自乐。村人自称先世避秦时乱，率妻子来此，遂与外界隔绝。后渔人返回，欲再寻桃源，竟不可得。这里用桃源仙人，比喻貌美的女子。潺湲(chán yuán)，水流缓慢的样子。
⑥ 千金酬一笑：笑容姣好，值得千金去买。南朝梁王僧孺《咏宠姬》："再顾连城易，一笑千金买。"
⑦ 檀郎：据载，潘安貌美，小字檀奴，因其貌美，为女子所爱，称为檀郎，后诗词中常用来表示女子称其所爱。这里似是以潘安自拟。
⑧ 凌云词赋：指司马相如，相传曾作《凌云赋》，景帝读之甚为感动，后泛指文笔健峭动人。这里以能文的司马相如自比。
⑨ 掷果：《世说新语·容止》引《语林》："安仁至美，每行，老妪以果掷之满车。"后用来指为女所悦之男。

⑩ "凤楼"句:《列仙传》载,春秋时人萧史善吹箫,作凤鸣。秦穆公以女弄玉妻之,为筑凤台以居,一夕吹箫引凤,夫妇乘之而去。

少年游

长安古道马迟迟。高柳乱蝉栖。夕阳岛外,秋风原上,目断四天垂。　　归云一去无踪迹①,何处是前期。狎兴生疏②,酒徒萧索,不似去年时。

注释

① 归云:白云归岫,或仙人驾云归去,这里喻指与其分别的美女。
② 狎兴:此指游赏的心情。

辑评

清谭献《复堂词话》:挑灯读宋人词,至柳耆卿云:"狎兴生疏,酒徒萧索,不似少年时。"语不工,甚可慨也。

少年游

参差烟树灞陵桥①。风物尽前朝。衰杨古柳,几经攀折,憔悴楚宫腰②。　　夕阳闲淡秋光老,离思满蘅皋③。一曲阳关④,断肠声尽,独自凭兰桡⑤。

注释

① 灞陵桥:即灞桥,在今西安市东。汉代时人送客至此桥,折柳以赠别。后诗词中常以之代指饯别之处。
② 楚宫腰:细腰。这里用楚宫腰拟柳枝纤细飘举。
③ 蘅皋:长满杜衡的沼泽。
④ 阳关:古曲名。王维《渭城曲》:"劝君更尽一杯酒,西出阳关无故人。"后歌入乐府,此为送别之曲,至阳关句反复歌之,谓之《阳关三叠》。
⑤ 兰桡(ráo):兰木做的船桨,船桨的美称。桡,船桨。

辑评

清先著、程洪《词洁辑评》卷一"参差烟树灞陵桥":屯田此调,居然胜场,不独"晓风残月"之工也。

少年游

层波潋滟远山横①。一笑一倾城②。酒容红嫩,歌喉清丽,百媚坐中生。　墙头马上初相见③,不准拟、恁多情。昨夜杯阑,洞房深处,特地快逢迎。

注释

① 潋滟:水波弥漫相连的样子。
② 一笑一倾城:形容笑容姣美动人。汉武帝时李延年曾歌:"北方有佳人,绝世而独立。一顾倾人城,再顾倾人国。宁不知倾城与倾国,佳人难再得。"
③ 墙头马上:指男女偶然相见即生爱意。白居易《井底引银瓶》:"妾弄青梅凭短墙,君骑白马傍垂杨。墙头马上遥相倾,一见知君即断肠。"

少年游

世间尤物意中人①。轻细好腰身。香帏睡起,发妆酒酽②,红脸杏花春③。　娇多爱把齐纨扇④,和笑掩朱唇。心性温柔,品流闲雅⑤,不称在风尘。

注释

① 尤物:原指特异的人或物,后用以专指美人。
② 酒酽(yàn):酒浓,酒味很厚,指酒醉后的神态。酽,味浓或厚。
③ "红脸"句:指面容红白匀称美丽。
④ 齐纨扇:齐地所产素纨做的扇子。班婕妤《怨歌行》:"新裂齐纨素,鲜洁如霜雪,裁为合欢扇,团团似明月。"
⑤ 闲雅:神态安闲温雅。

少年游

淡黄衫子郁金裙①。长忆个人人。文谈闲雅,歌喉清丽,举措好精神。　　当初为倚深深宠,无个事、爱娇嗔②。想得别来,旧家模样,只是翠蛾颦③。

注释

① 郁金裙:黄裙。郁金,即郁金香,一般开黄花。
② 无个事:没有事情。
③ 翠蛾:指美女的细眉。

少年游

铃斋无讼宴游频①。罗绮簇簪绅②。施朱傅粉,丰肌清骨,容态尽天真。 舞裀歌扇花光里③,翻回雪、驻行云④。绮席阑珊,凤灯明灭⑤,谁是意中人。

注释

① 铃斋:即铃阁,将帅所居之所。
② 簪绅:簪,簪缨,古时贵者之饰。绅,腰间绶带。这里用装束代指"宴游"的将领。
③ 舞裀(yīn):舞衣。
④ 回雪:形容舞姿美妙,如雪飞舞回旋。曹植《洛神赋》:"仿佛兮若轻云之蔽月,飘飘兮若流风之回雪。"驻行云:即响遏行云。《列子·汤问》:"薛谭学讴于秦青,未穷青之技,自谓尽之,遂辞归。秦青弗止,饯于郊衢,抚节悲歌,声振林木,响遏行云。薛谭乃谢求反,终身不敢言归。"
⑤ 凤灯:灯的美称。

少年游

帘垂深院冷萧萧。花外漏声遥。青灯未灭,红窗闲卧,魂梦去迢迢。　　薄情漫有归消息,鸳鸯被、半香消。试问伊家,阿谁心绪,禁得恁无憀①。

注释
① 禁得:经受得起。无憀:即无聊。

少年游

一生赢得是凄凉。追前事、暗心伤。好天良夜,深屏香被,争忍便相忘。　　王孙动是经年去①,贪迷恋、有何长。万种千般,把伊情分,颠倒尽猜量。

注释
① 动是:动不动就是。

少年游

日高花谢懒梳头。无语倚妆楼。修眉敛黛①，遥山横翠②，相对结春愁。　王孙走马长楸陌，贪迷恋、少年游。似恁疏狂，费人拘管③，争似不风流④。

注释

① 修眉敛黛：修长的双眉紧锁，如凝起之黛，形容愁绪。黛，古代画眉的青黑色的颜料。
② 遥山横翠：这里指眉容如葱翠的远山。
③ 拘管：管束，约束。
④ 争似：怎似。

少年游

佳人巧笑值千金①。当日偶情深②。几回饮散，灯残香暖，好事尽鸳衾。　如今万水千山阻，魂杳杳、信沉沉。孤棹烟波③，小楼风月，两处一般心。

注释

① "佳人"句:汉武帝时李延年曾歌:"北方有佳人,绝世而独立。一顾倾人城,再顾倾人国。宁不知倾城与倾国,佳人难再得。"
② 偶情:不期而遇的恋情。
③ 孤棹:即孤舟。

长相思

画鼓喧街①,兰灯满市②,皎月初照严城。清都绛阙夜景③,风传银箭④,露罢金茎⑤。巷陌纵横。过平康款辔⑥,缓听歌声。凤烛荧荧。那人家、未掩香屏。　　向罗绮丛中,认得依稀旧日,雅态轻盈。娇波艳冶,巧笑依然⑦,有意相迎。墙头马上⑧,漫迟留、难写深诚。又岂知、名宦拘检,年来减尽风情。

注释

① 画鼓:饰以龙凤等图案的鼓。
② 兰灯:古代一种华贵的灯,亦名兰钉。因以兰香所炼之膏为

燃料,故名。

③ 清都绛阙:传说中天帝所居的宫阙。《列子·周穆王》:"王实以为清都紫微,钧天庭乐,帝之所居。"这里喻指北宋皇都汴京。

④ 银箭:古代记时刻漏的指针,形似箭,故称。

⑤ 露霭(ài)金茎:露霭,露气很盛。霭,云气很厚重的样子。金茎,仙人承露盘的铜柱,金茎承露,指仙人掌。汉武帝曾在长安建章宫前柏梁台立铜柱,高二十丈,上有仙人手擎承露盘,见《三辅黄图》。此处借指东京宫殿,谓已达深秋季节。

⑥ 平康:唐代平康坊,在长安,为妓女聚居之地。当时习俗,新进士常游其中。

⑦ 巧笑:美丽的笑容。《诗经·卫风·硕人》描写女子笑容之美:"巧笑倩兮,美目盼兮。"

⑧ 墙头马上:指男女偶然相见即生爱意。白居易《井底引银瓶》:"妾弄青梅凭短墙,君骑白马傍垂杨。墙头马上遥相顾,一见知君即断肠。"

尾 犯

晴烟幂幂①。渐东郊芳草,染成轻碧。野塘风暖,游鱼动触,冰澌微坼②。几行断雁,旋次第、归霜碛。咏新诗,手捻江梅,故人赠我春色③。　　似此光阴催逼。念浮生、不满百④。虽照人轩冕⑤,润屋珠金⑥,於身何益。一种劳心力。图利禄,殆非长策。除是恁、点检笙歌,访寻罗绮消得。

注释

① 幂(mì):本为覆食的餐巾,这里是覆盖、笼罩的意思。
② 冰澌(sī):解冻时流动的冰。澌,解冻后随水流动的冰块。
③ "咏新诗"三句:用折梅赠远典。《太平御览》卷九七〇引《荆州记》:"宋陆凯与范晔相善,自江南寄梅花一枝,诣长安,与晔,并赠诗曰:'折梅逢驿使,寄与陇头人。江南无所有,聊赠一枝春。'"
④ "念浮生"句:人生苦短之慨。《古诗十九首》"生年不满百"有"生年不满百,常怀千岁忧"的诗句,"今日良宴会"有"人生寄一世,奄忽若飘尘"的诗句。
⑤ 轩冕:驾车戴帽,为高官显贵的装束。
⑥ 润屋珠金:指享受富贵生活。《礼记·大学》中有"富润屋,德润身"的说法。

木兰花

　　心娘自小能歌舞。举意动容皆济楚①。解教天上念奴羞②,不怕掌中飞燕妒③。　　玲珑绣扇花藏语。宛转香茵云衬步④。王孙若拟赠千金,只在画楼东畔住⑤。

注释

① 济楚:通"齐楚",干净整齐的意思。
② 念奴:唐天宝中名倡。元稹《连昌宫词》中有"力士传呼觅念奴,念奴潜伴诸郎宿"之句,其诗自注:"念奴,天宝中名倡,善歌。每岁楼下酺宴,累日之后,万众喧隘。严安之、韦黄裳辈,辟易不能禁,众乐为之罢奏。明皇遣高力士大呼于楼上,曰:'欲遣念奴唱歌,邠二十五郎吹小管篴,看人能听否!'未尝不悄然奉诏。其为当时所重也如此。然而明皇不欲夺侠游之盛,未尝置在宫禁。或岁幸汤泉,时巡东洛,有司潜遣从行而已。"这里称"天上念奴",是指念奴曾伴明皇左右。
③ 掌中飞燕:指舞姿轻盈。相传汉成帝宫人赵飞燕舞姿轻盈,每轻风时至,飞燕几欲随风入水。成帝遂以翠缕结飞燕之裾。
④ 云衬步:形容舞步轻盈。
⑤ 画楼:此指女子所居的绣楼。

木兰花

佳娘捧板花钿簇①。唱出新声群艳伏②。金鹅扇掩调累累③,文杏梁高尘簌簌④。　　鸾吟凤啸清相续⑤。管裂弦焦争可逐⑥。何当夜召入连昌,飞上九天歌一曲⑦。

注释

① 花钿簇:花钿丛聚。钿,古代妇女的一种首饰。
② 群艳:众多的美女。艳,指美艳的女子。
③ "金鹅扇"句:晋书法家王羲之喜养鹅,曾替老妪书扇助其售卖。这里用金鹅扇指上有精美书法的折扇。调累累,这里指歌声婉转动听。
④ "文杏梁"句:《太平御览》卷五七二引汉刘向《别录》:"汉兴以来,善歌者鲁人虞公,发声清哀,拂动梁尘。"文杏梁,司马相如《长门赋》:"刻木兰以为榱兮,饰文杏以为梁。"文杏,一种香木。
⑤ 鸾吟凤啸:形容歌声优美。
⑥ 管裂:形容声音高亢。《说郛》卷一百《歌》载:"开元中,内人有许和子者,本吉州永新县乐家女也。开元未选入宫,即以永新名之,籍于宜春院。既美且慧,善歌,能变新声。韩娥、延年殁后千余载,旷无其人,至永新始继其能。遇高秋朗月,

台殿清虚,喉啭一声,响传九陌。明皇尝独召李谟吹曲逐其歌,曲终管裂,其妙如此。"弦焦:《后汉书》卷六十《蔡邕传》载:"吴人有烧桐以爨者,邕闻火烈之声,知其良木,因请而裁为琴,果有美音,而其尾犹焦,故时人名曰'焦尾琴'焉。"

⑦ "何当"二句:元稹《连昌宫词》:"初过寒食一百六,店舍无烟宫树绿。夜半月高弦索鸣,贺老琵琶定场屋。力士传呼觅念奴,念奴潜伴诸郎宿。须臾觅得又连催,特敕街中许燃烛。春娇满眼睡红绡,掠削云鬟旋装束。飞上九天歌一声,二十五郎吹管遂。"可参《木兰花》(心娘自小能歌舞)注②。连昌宫,在河南宜阳西,唐高宗置。

木兰花

虫娘举措皆温润①。每到婆娑偏恃俊②。香檀敲缓玉纤迟③,画鼓声催莲步紧④。　　贪得顾盼夸风韵。往往曲终情未尽。坐中少年暗消魂,争问青鸾家远近⑤。

注释

① 举措:举止。

② 婆娑：形容舞姿曼妙。《诗经·陈风·东门之枌》："子仲之子，婆娑其下。"
③ 香檀：香檀板，即用檀木做的拍板。玉纤：形容美人的手指。
④ 莲步：美人步态。《南史》卷五《废帝东昏侯传》载："凿金为莲华以贴地，令潘妃行其上，曰：'此步步生莲华也。'"
⑤ 青鸾：青鸟，借指信使。相传西王母有三青鸟，曾使一青鸟送信到汉武帝殿中，然后由两青鸟护送前来。这里以西王母会武帝，喻与虫娘幽会，以青鸾喻为之暗通消息的使者。

木兰花

酥娘一搦腰肢袅。回雪萦尘皆尽妙①。几多狎客看无厌②，一辈舞童功不到③。　　星眸顾指精神峭④。罗袖迎风身段小。而今长大懒婆娑⑤，只要千金酬一笑。

注释

① 回雪萦尘：形容舞姿曼妙。回雪，形容舞姿旋转飘逸。曹植《洛神赋》："仿佛兮若轻云之蔽月，飘飘兮若流风之回雪。"又《拾遗记》载："燕昭王时，广廷国献舞女二人，一名旋娟，一名

提嫫,并玉质凝肤,行无迹影,积年不饥。王饮以琀珉之膏,饴以丹泉之粟。其舞曲一曰《萦尘》,言体轻与尘雾相乱也。"
② 看无厌:看不厌。
③ 一辈:一般的,同辈的。
④ 星眸:形容目光清莹,顾盼闪耀如星。
⑤ 长大:此指年龄变大。

驻马听

凤枕鸾帷。二三载,如鱼似水相知。良天好景,深怜多爱,无非尽意依随。奈何伊①。恣性灵、忒煞些儿②。无事孜煎③,万回千度,怎忍分离。　而今渐行渐远,渐觉虽悔难追。漫恁寄消息,终久奚为④。也拟重论缱绻⑤,争奈翻覆思维⑥。纵再会,只恐恩情,难似当时。

注释

① 奈何伊:不知道怎么对她才好。奈何,无可奈何,不知道怎么办才好。
② 忒煞些儿:放纵性情太过了点。忒煞,太过分。些儿,少许,

一点点。
③ 孜煎:愁苦,烦闷,受煎熬。
④ 终久奚为:到头来都无所作为、没有办法。
⑤ 缱绻:难舍难分。
⑥ 思维:思考,计度。

诉衷情

一声画角日西曛①。催促掩朱门。不堪更倚危阑②,肠断已消魂。　　年渐晚,雁空频③。问无因。思心欲碎,愁泪难收,又是黄昏。

注释

① 画角:古时军乐器,其形上小下大,以竹木或皮或钢做成,外加彩绘装饰,故名画角。其声哀厉高亢,闻之令人兴奋,故军中用以警昏晓。曛(xūn):日落时的余光,黄昏。
② 危阑:即危栏。
③ 雁空频:杳无音信的意思。古人有雁足传书的传说。这里指雁频繁飞来飞往,却没有书信带来。

戚 氏

晚秋天。一霎微雨洒庭轩①。槛菊萧疏②,井梧零乱惹残烟。凄然。望乡关。飞云黯淡夕阳间。当时宋玉悲感,向此临水与登山③。远道迢递,行人凄楚,倦听陇水潺湲④。正蝉吟败叶,蛩响衰草⑤,相应喧喧。　　孤馆度日如年。风露渐变,悄悄至更阑。长天净,绛河清浅⑥,皓月婵娟⑦。思绵绵。夜永对景,那堪屈指,暗想从前。未名未禄⑧,绮陌红楼⑨,往往经岁迁延⑩。　　帝里风光好,当年少日,暮宴朝欢。况有狂朋怪侣,遇当歌、对酒竞留连⑪。别来迅景如梭,旧游似梦,烟水程何限。念利名、憔悴长萦绊⑫。追往事、空惨愁颜。漏箭移、稍觉轻寒⑬。听呜咽、画角数声残⑭。对闲窗畔,停灯向晓,抱影无眠。

注释

① 庭轩:庭院里的长廊。
② 槛菊:槛边的菊花。
③ "当时宋玉"二句:指宋玉所咏悲秋之辞。宋玉《九辩》:"悲

哉！秋之为气也！萧瑟兮草木摇落而变衰。憭慄兮若在远行,登山临水兮送将归。"

④ 陇水潺湲:指愁绪满怀。陇水,河流名,源出陇山,因名。古有《陇水歌》:"陇头流水,鸣声幽咽;遥望秦川,肝肠断绝。"潺湲,水流缓慢的样子。

⑤ 蛩:即吟蛩,蟋蟀。

⑥ 绛河:天河的别名。

⑦ 皓月婵娟:月光柔美可爱。唐孟郊《婵娟篇》:"花婵娟,泛清泉。竹婵娟,笼晓烟。妓婵娟,不长妍。月婵娟,真可怜。"

⑧ 未名未禄:指没有获取功名。名,指功名。禄,为官的俸禄。

⑨ 绮陌红楼:相当于青楼,指妓女所居之处。

⑩ 迁延:延迟,拖延(回家)。

⑪ "遇当歌"句:意思是因为迷恋酒色而流连忘返。汉曹操《短歌行》中有"对酒当歌,人生几何"诗句,这里化用其成句。

⑫ "念利名"句:因为受名利牵累,使得心力交瘁。

⑬ 漏箭:古代以铜壶滴漏作计时的工具。

⑭ 画角:古时军乐器,其声哀厉高亢,闻之令人兴奋,故用之以警昏晓。

辑评

宋王灼《碧鸡漫志》卷二:前辈云:"《离骚》寂寞千载后,《戚氏》凄凉一曲终。"《戚氏》,柳所作也。柳何敢知世间有《离骚》,惟贺方回、周美成时时得之。

蔡嵩云《柯亭词论》"《戚氏》为屯田创调"条：《戚氏》为屯田创调，"晚秋天"一首，写客馆秋怀，本无甚出奇，然用笔极有层次，初学慢词，细玩此章，可悟谋篇布局之法。第一遍，就庭轩所见，写到征夫前路。第二遍，就流连夜景，写到追怀昔游。第三遍，接写昔游经历，仍落到天涯孤客，竟夜无眠情况，章法一丝不乱。惟第二遍自"夜永对景"至"往往经岁迁延"，第三遍自"别来迅景如梭"至"追往事，空惨愁颜"，均是数句一气贯注。屯田词，最长于行气，此等处甚难学。后人遇此等处，多用死句填实，纵令琢句工稳，其如厌厌无生气何。

陈匪石《声执》卷上："词句随人而异"条：乾嘉经师有恒言曰：始为之不易，后来者加详。由晚近之词学，上视清初，声律如是，句法亦如是。万氏纠明代清初之误读，所用方法，审本文之理路语气，校本调之前后短长，再取他家以资对证，此万古不易之说也。彼所成就，为五言一领四与上二下三之别。七言上三下四与上四下三之别。次则九字句上三下六与上五下四之别。再次则为短韵，已了如指掌。然有引其端，未竟其绪者。中二字相连之四字句……且《戚氏》之"向明灯畔"……未免忽略。

轮台子

一枕清宵好梦，可惜被、邻鸡唤觉。匆匆策马登途,满目淡烟衰草。前驱风触鸣珂①,过霜林、渐觉惊栖鸟。冒征尘远况,自古凄凉长安道②。行行又历孤村③,楚天阔、望中未晓。　　念劳生④,惜芳年壮岁;离多欢少。叹断梗难停⑤,暮云渐杳。但黯黯魂消,寸肠凭谁表。恁驰驱、何时是了⑥。又争似、却返瑶京⑦,重买千金笑。

注释

① 前驱:往前行。《诗经·卫风·伯兮》:"伯也执殳,为王前驱。"鸣珂:马笼头上的饰物,因随马行鸣响,故称。

② "自古"句:李白《忆秦娥》词咏长安古道凄凉之景:"箫声咽,秦娥梦断秦楼月。秦楼月,年年柳色,灞陵伤别。乐游原上清秋节,咸阳古道音尘绝。音尘绝。西风残照,汉家陵阙。"

③ 行行:前行。《古诗十九首》:"行行重行行,与君生离别。"

④ 劳生:劳苦的人生。《庄子·大宗师》:"夫大块载我以形,劳我以生,佚我以老,息我以死。"

⑤ 断梗难停:与根断绝的梗草,只能在风中飘荡,喻指漂泊不定。

⑥ 驰驱:奔波。

⑦ 瑶京:京都,京城。此指北宋的都城汴京。

辑评

宋胡仔《苕溪渔隐丛话》引《艺苑雌黄》云:世传永尝作《轮台

子》蚤行词,颇以为得意。其后张子野见之云:既言"匆匆策马登途,满目淡烟衰草",则已辨色矣。而后又言"楚天阔,望中未晓",何也?柳何语意颠倒如是。

引驾行

　　虹收残雨。蝉嘶败柳长堤暮。背都门、动消黯①,西风片帆轻举。愁睹。泛画鹢翩翩②,灵鼍隐隐下前浦③。忍回首、佳人渐远,想高城、隔烟树。　　几许。秦楼永昼,谢阁连宵奇遇④。算赠笑千金⑤,酬歌百琲⑥,尽成轻负。南顾。念吴邦越国⑦,风烟萧索在何处。独自个、千山万水,指天涯去。

注释

① 消黯:黯然销魂。
② 画鹢(yì):船头有鹢鸟画饰的船,船的美称。鹢,一种水鸟名。
③ 灵鼍(tuó):此指船头所画鼍形装饰,指代船。鼍,鳄鱼的一种,即扬子鳄。

④ 谢阁:谢公阁的省称,即谢安阁,常称谢公楼。《晋书》卷七九《谢安传》:"(谢安)又于土山营墅,楼馆林竹甚盛,每携中外子侄往来游集,肴馔亦屡费百金,世颇以此讥焉,而安殊不以屑意。"而且谢安:"虽放情丘壑,然每游赏,必以妓女从。"
⑤ 赠笑千金:即千金买笑的意思。
⑥ 百琲(bèi):极言珍珠之多。古时以珠五百枚为一琲。
⑦ 吴邦越国:吴越邦国之地,指江苏浙江一带。

辑评

清焦循《雕菰楼词话》:毛大可称词本无韵,是也。偶检唐、宋人词,如……柳永《引驾行》用"暮"遇、"举"语、"睹"虞、"处""去"御、"负"有……按唐人应试用官韵,其非应试,如韩昌黎赠张籍诗……至于词,更宽可知矣。

陈匪石《声执》卷上:由晚近之词学,上视清初,声律如是,句法亦如是。万氏纠明代清初之误读,所用方法,审本文之理路语气,校本调之前后长短,再取他家以资对证,此万古不易之说也。彼所成就,为五言一领四与上二下三之别。七言上三下四与上四下三之别。次则九字句上三下六与上五下四之别。再次则为短韵,已了如指掌。然有引其端,未竟其绪者……《引驾行》"秦楼永昼"十字,二字承两四字之例,日有增益,不得谓非《词律》启之也。

望远行

绣帏睡起。残妆浅,无绪匀红补翠。藻井凝尘①,金阶铺藓②,寂寞凤楼十二③。风絮纷纷,烟芜苒苒④,永日画阑,沉吟独倚。望远行,南陌春残悄归骑。　　凝睇。消遣离愁无计。但暗掷、金钗买醉。对好景、空饮香醪⑤,争奈转添珠泪。待伊游冶归来,故故解放翠羽⑥,轻裙重系。见纤腰围小,信人憔悴。

注释

① 藻井:古代建筑物天花板上涂画的井字形装饰纹彩。
② 金阶铺藓:精美的台阶上铺满了苔藓。金阶,涂有金饰的台阶,为台阶的美称。
③ 凤楼十二:本指宫内的楼阁。南朝宋鲍照《代陈思王京洛篇》:"凤楼十二重,四户八绮窗。"这里指女子所居的绣楼。
④ 烟芜:笼有轻雾的原野。
⑤ 香醪(láo):美酒。醪,浊酒。
⑥ 故故:唐宋时俗语,屡次,屡屡。杜甫《月》:"时时开暗室,故故满青天。"仇兆鳌注:"故故,犹言屡屡。"解放翠羽:松开头饰。翠羽,用翠鸟羽毛做成的头饰。

彩云归

蘅皋向晚舣轻航①。卸云帆、水驿鱼乡。当暮天、霁色如晴画,江练静、皎月飞光②。那堪听、远村羌管,引离人断肠。此际浪萍风梗③,度岁茫茫。　　堪伤。朝欢暮宴,被多情、赋与凄凉。别来最苦,襟袖依约,尚有余香。算得伊、鸳衾凤枕,夜永争不思量。牵情处,惟有临歧④,一句难忘。

注释

① "蘅皋"句:傍晚时分,把船停靠在长满杜衡的河边。蘅皋,长满杜衡的水堤。舣(yǐ),停船靠岸。轻航,即轻舟。
② 江练静:如练的江水静静地流淌。语本南朝齐谢朓《晚登三山还望京邑》诗:"余霞散成绮,澄江静如练。"
③ 浪萍风梗:浪中之萍,风中之梗,形容行踪无定。
④ 临歧:分手,分别。

洞仙歌

佳景留心惯。况少年彼此,风情非浅。有笙歌巷陌,绮罗庭院。倾城巧笑如花面。恣雅态、明眸回美盼①。同心绾。算国艳仙材②,翻恨相逢晚。　　缱绻③。洞房悄悄,绣被重重,夜永欢余,共有海约山盟,记得翠云偷翦④。和鸣彩凤于飞燕⑤。间柳径花阴携手遍。情眷恋。向其间、密约轻怜事何限。忍聚散。况已结深深愿。愿人间天上,暮云朝雨长相见。

注释

① "倾城"二句:形容女子笑容娇美,姿态娴雅,顾盼生辉。巧笑、美盼,《诗经·卫风·硕人》:"巧笑倩兮,美目盼兮。"赞"硕人"之美。

② 国艳仙材:一国之内最为美艳,身材如仙女般姣好,相当于国色天香的意思。

③ 缱绻:难舍难分。

④ 翠云偷翦:古代女子为表爱意,会剪发以赠恋人。翠云,此指女子的头发。

⑤ 和鸣彩凤:《左传》:"陈大夫卜妻敬仲,其妻占之曰:凤凰于飞,和鸣锵锵,有妫之后,将育于姜。"后世遂以"彩凤和鸣"喻夫妇和谐,这里指与所恋女子感情和谐。于飞燕:《诗经·邶风·燕燕》:"燕燕于飞,差池其羽。"

辑评

清丁绍仪《听秋声馆词话》卷十四:(洞仙歌)又一体,应于"翻恨相逢晚"句分段。

离别难

花谢水流倏忽,嗟年少光阴。有天然、蕙质兰心①。美韶容、何啻值千金。便因甚、翠弱红衰②,缠绵香体,都不胜任。算神仙、五色灵丹无验③,中路委瓶簪④。　　人悄悄,夜沉沉。闭香闺、永弃鸳衾。想娇魂媚魄非远,纵洪都方士也难寻⑤。最苦是、好景良天,尊前歌笑,空想遗音。望断处,杳杳巫峰十二,千古暮云深⑥。

注释

① 蕙质兰心:即兰心蕙性,心地善良,天生聪慧。
② "便因甚"句:指无缘无故染上疾病,缠绵难治。翠弱红衰,指身体因病变得虚弱和衰萎。
③ 五色灵丹:仙丹。古代道家以铅汞等烧炼而成的丹药,妄称

服食之后可以长生不死。

④ "中路"句:《诚斋杂记》载:"吴淑妃晨兴靧面,玉簪坠地而折,已而夫亡。父欲嫁之,誓曰:'玉簪重合则嫁。'后见杨子冶诗,心动,启奁视之,则簪已合矣,乃嫁之。"这里反用此典,意思是神仙丹药也难以救治,因为在半途已经亡故了。中路,半路。委瓶簪,隐喻去世。

⑤ "想娇魂媚魄"二句:《杨妃外传》:"方士杨幽通自云有李少君之术,上皇(唐玄宗)命致贵妃神,出天界,没地府,求之不见。东绝大海,跨蓬、壶,有洞户,署其门曰'玉妃太真院'。"竟致贵妃之神。白居易《长恨歌》:"临邛道士鸿都客,能以精诚致魂魄。为感君王展转思,遂教方士殷勤觅。"诗中"临邛道士鸿都客"的"鸿都",本为汉代藏书和教学之地,光和元年,置鸿都门学士,这里借指长安。柳永本词中误"鸿都"为"洪都"。洪都,南昌。隋置洪州,明初置洪州府,后改名南昌。方士,能访仙炼丹以求长生不老的人,始于周,盛于秦汉,为后世道士之始。

⑥ "杳杳"二句:无法再续往日的欢情。巫峰十二,即巫山十二峰。宋玉《高唐赋》记楚襄王游高唐时,宋玉言先王梦与巫山神女朝云欢会事。神女临别称自己:"旦为朝云,暮为行雨,朝朝暮暮,阳台之下。"词中因巫山十二峰而联想到巫山神女故事。

击梧桐

香靥深深①,姿姿媚媚,雅格奇容天与②。自识伊来,便好看承③,会得妖娆心素④。临歧再约同欢,定是都把、平生相许。又恐恩情,易破难成,未免千般思虑。 近日书来,寒暄而已⑤,苦没忉忉言语⑥。便认得、听人教当,拟把前言轻负。见说兰台宋玉,多才多艺善词赋。试与问、朝朝暮暮。行云何处去⑦。

注释

① 香靥:指女子的脸庞。
② 天与:先天生成的,天生的。
③ 看承:看待,对待。
④ 心素:心情,心意。
⑤ 寒暄:问寒问暖的意思。
⑥ 忉(dāo)忉:唠叨絮语。
⑦ "见说"四句:用宋玉《高唐赋》巫山神女与楚王欢会典。战国宋玉《高唐赋》载:楚王游高唐,梦与神女欢会,临别时神女云:"妾在巫山之阳,高丘之阻。旦为朝云,暮为行雨。朝朝暮暮,阳台之下。"见说,听说。兰台,在湖北钟祥。宋玉《风

赋》中记:"楚襄王游于兰台之宫,宋玉、景差侍。"后世因称宋玉为兰台宋玉或兰台公子。

辑评

宋杨湜《古今词话》:柳耆卿尝在江淮倦一官妓,临别,以杜门为期。既来京师,日久未还,妓有异图,耆卿闻之怏怏。会朱儒林往江淮,柳因作《击梧桐》以寄之曰(略)。妓得此词,遂负愧竭产,泛舟来辇下,遂终身从耆卿焉。

夜半乐

冻云黯淡天气①,扁舟一叶,乘兴离江渚。渡万壑千岩②,越溪深处③。怒涛渐息,樵风乍起④,更闻商旅相呼,片帆高举。泛画鷁、翩翩过南浦⑤。望中酒旆闪闪⑥,一簇烟村,数行霜树。残日下、渔人鸣榔归去。败荷零落,衰杨掩映,岸边两两三三、浣纱游女。避行客、含羞笑相语。　　到此因念,绣阁轻抛,浪萍难驻。叹后约、丁宁何据!惨离怀、空恨岁晚归期阻,凝泪眼、杳杳神京路⑦,断鸿声远长天暮。

注释

① 冻云：下雪前凝聚的阴云。

② 万壑千岩：秀美的山川。

③ 越溪：即若耶溪，在今浙江绍兴会稽山下。

④ 樵风：顺风。《后汉书·郑弘传》唐李贤注，引南北朝孔灵符《会稽记》谓，汉太尉郑弘尝采薪，得一遗箭，顷有人觅，弘还之。问何所欲，弘知其为神人，因曰："常患若耶溪载薪为难，愿旦南风，暮北风。"后果遂愿。后人因以郑公风或樵风作为顺风乘舟之典。

⑤ "泛画鹢(yì)"句：鹢，一种水鸟。古时绘鹢首于船头以压水神，后因以画鹢为船的代称。南浦，代指离别之地。

⑥ 酒旆：酒旗。

⑦ 神京路：去汴京(今河南开封)之路。

辑评

清许昂霄《词综偶评》：《夜半乐》第一叠言道途所经，第二叠言目中所见，第三叠乃言去国离乡之感。"到此因念，绣阁轻抛"二句，接上一片。

清陈锐《袌碧斋词话》：柳词《夜半乐》云"怒涛渐息，樵风乍起，更商旅相呼"，此种长调，不能不有此大开大阖之笔。后吴梦窗《莺啼序》云"长波妒盼，遥山羞黛"，三四段均用此法。

又一则：柳词《夜半乐》二首，时令虽不同，而机杼则一，盖一系初作,一系随时改定稿,而并存之。其他重文误字,不一而足,说见余审定柳词本。

蔡嵩云《柯亭词论》:柳词胜处,在气骨,不在字面。其写景处,远胜其抒情处。而章法大开大阖,为后起清真、梦窗诸家所取法,信为创调名家。如《夜半乐》"冻云暗淡天气"写羁旅行役中秋景,均穷极工巧。

陈匪石《宋词举》卷下:若合全篇观之,前两段纡徐为妍,为末段蓄势;末段卓荦为杰,一句松不得,一字闲不得,为前两段归结。一词之中兼两种作法。郑文焯论词,曰骨气,曰高健,端在于此。至其以清劲之气,沉雄之魄,运用长句,尤耆卿特长。美成《西平乐》、梦窗《莺啼序》,全得力于柳词。盖耆卿之不可及者,在骨气不在字面,彼嗤为纤艳俚俗者,未得三昧也。

祭天神

欢笑筵歌席轻抛䚘①。背孤城、几舍烟村停画舸②。更深钓叟归来,数点残灯火。被连绵宿酒醺醺③,愁无那④。寂寞拥、重衾卧。　　又闻得、行客扁舟过。篷窗近,兰棹急,好梦还惊破。念平生、单栖踪迹,多感情怀,到此厌厌,向晓披衣坐。

注释

① 抛挦(duǒ)：即抛躲，回避、抛弃意。
② 画舸(gě)：画船，船的美称。舸，大船。
③ 连绵宿酒：隔夜酒醉一直未醒的意思。连绵，连续不断，这里是指酒醉一直未醒。
④ 无那：无奈。

过涧歇近

淮楚。旷望极，千里火云烧空①，尽日西郊无雨。厌行旅。数幅轻帆旋落，舣棹兼葭浦②。避畏景③，两两舟人夜深语。　此际争可④，便恁奔名竞利去。九衢尘里⑤，衣冠冒炎暑⑥。回首江乡，月观风亭⑦，水边石上，幸有散发披襟处⑧。

注释

① 火云：指炎热夏日早晨或黄昏时的红色云朵。白居易《别行简》："岂是远行时，火云烧栈热。"
② 舣(yǐ)棹：停棹，停船。舣，停船靠岸。
③ 畏景：夏日炎热使人生畏的气候。

《过洞歇近》（淮楚）

④ 争可:怎么可以。
⑤ 九衢:本指汉长安城中的九条大道。《三辅黄图》:"长安城面三门,四面十二门,皆通达九衢,以相经纬。"这里泛指一般的街道。衢,四通之路。
⑥ 衣冠:缙绅,身份高贵的人。这里指热衷名利者。
⑦ 月观风亭:月光下轻风中的楼观亭台。
⑧ 散发披襟:散开头发,袒露胸怀,形容自在不受约束的神态。

辑评

　　清黄氏《蓼园词评》:柳耆卿"淮楚旷望极"。趋炎附热、势利熏灼、狗苟蝇营之辈,可以"九衢尘里,衣冠冒炎暑"二语尽之。耆卿好为词曲,未第时,已传播四方,西夏归朝官且曰:"几有井水处,即能歌柳词。"其重于时如此。尝有《鹤冲天》词云:"忍把浮名,换了浅斟低唱。"及临轩放榜,时人语之曰:"且去'浅斟低唱',何要浮名。"是耆卿虽才士,想亦不喜奔竞者,故所言若此。此词实令触热者读之,如冷水浇背矣。意不过为"衣冠冒寒暑"五字下针砭,而凌空结撰,成一篇奇文。先从舟行苦热,深夜舟人之语,布一奇景。忽用"此际"二字,直接点入衣冠炎暑,令人不测。以后又用"江乡"倒缴,只一"幸"字缩住。语气含蓄,笔势奇矫绝伦。

安公子

长川波潋滟①。楚乡淮岸迢递②,一云烟汀雨过,芳草青如染。驱驱携书剑。当此好天好景,自觉多愁多病,行役心情厌③。　　望处旷野沈沈,暮云黯黯。行侵夜色,又是急桨投村店。认去程将近,舟子相呼,遥指渔灯一点。

注释

① 潋滟:弥漫相连的样子。
② "楚乡"句:从楚地到淮河岸边,路途遥远。楚乡,楚地。淮岸,淮水边。迢递,遥远。
③ 行役:行旅之事。

菊花新

欲掩香帏论缱绻①。先敛双蛾愁夜短②。催促少年郎,先去睡、鸳衾图暖。　　须臾放了残针线③。脱罗裳、恣情无限。留取帐前灯,时时待、看伊娇面。

注释

① 缱绻:难舍难分的样子。
② 双蛾:双眉。蛾,形容眉细长如蛾。
③ 须臾:一会儿。

辑评

清李调元《雨村词话》卷一:柳永淫词莫逾于《菊花新》一阕,见升庵《词林万选》。

过涧歇近

酒醒。梦才觉,小阁香炭成煤①,洞户银蟾移影②。人寂静。夜永清寒,翠瓦霜凝。疏帘风动,漏声隐隐,飘来转愁听。　　怎向心绪③,近日厌厌长似病。凤楼咫尺④,佳期杳无定。展转无眠,粲枕冰冷⑤。香虬烟断⑥,是谁与把重衾整。

注释

① 香炭成煤:熏炉中的香和暖炉中的炭都已经烧尽,变成了烟

尘。煤,凝结的烟尘。
② 银蟾:皎洁的月亮。
③ 怎向:怎么样。向,语气助词,有加强语气的作用。
④ 凤楼:这里代指佳人所居绣楼。
⑤ 粲枕:花纹鲜亮之枕。《诗经·唐风·葛生》:"角枕粲兮,锦衾烂兮。"
⑥ 香虬:虬形的熏炉。虬,有角之龙。

轮台子

雾敛澄江,烟消蓝光碧。彤霞衬遥天,掩映断续,半空残月。孤村望处人寂寞,闻钓叟、甚处一声羌笛。九疑山畔才雨过①,斑竹作、血痕添色②。感行客。翻思故国③,恨因循阻隔。路久沈消息④。正老松枯柏情如织⑤。闻野猿啼,愁听得⑥。见钓舟初出,芙蓉渡头⑦,鸳鸯滩侧。干名利禄终无益⑧。念岁岁间阻,迢迢紫陌⑨。翠蛾娇艳,从别后经今,花开柳拆伤魂魄。利名牵役。又争忍、把光景抛掷。

注释

① 九疑：即九嶷山，在湖南宁远南六十里，因其山九溪皆相似，故称"九疑"。传说舜帝南巡狩，崩于苍梧之野，葬于九嶷山。

② 斑竹：即湘竹，以上有斑迹，故名。传说舜帝崩，其妃娥皇、女英悲啼，以泪挥湘竹，竹尽斑。

③ 故国：这里指故乡，故园。

④ 路久：长久在旅途。

⑤ "正老松"句：以老松枯柏枝杈纵横如织，拟纠结难解的心情。

⑥ 愁听得：听到后激起愁情。得，语助词，无实际含义。

⑦ 芙蓉渡：跟下面的"鸳鸯滩"一样，都是泛指一般的渡口和河滩。

⑧ 干名利禄：追求名、利、禄。干，干进，追求。

⑨ 紫陌：指京师郊野的道路。

望汉月

明月明月明月。争奈乍圆还缺①。恰如年少洞房人，暂欢会、依前离别。　　小楼凭槛处，正是去年时节。千里清光又依旧，奈夜永、厌厌人绝②。

注释

① 争奈:怎奈,如何忍耐。
② 奈夜永:因夜晚漫长而感到无可奈何。

归去来

初过元宵三五。慵困春情绪。灯月阑珊嬉游处。游尽、厌欢聚。 凭仗如花女。持杯谢、酒朋诗侣。余酲更不禁香醑①。歌筵罢、且归去。

注释

① 余酲(chéng):余醉。酲,酒醉后神志不清。香醑(xǔ):美酒。醑,美酒。

燕归梁

织锦裁篇写意深①。字值千金②。一回披玩一愁吟。肠成结、泪盈襟。 幽欢已散前期远,无憀赖、是而今。密凭归雁寄芳音。恐冷落、旧时心。

注释

① 织锦:用织锦回文典。《晋书·列女传·窦滔妻苏氏传》载:窦滔在苻坚时为秦州刺史,被徙流沙。苏氏思之,织锦为回文旋图诗以赠滔,宛转循环读之,其词凄婉。
② 字值千金:形容文字精美难得,这里指文有深情,值得珍惜。《史记·吕不韦传》记载:吕不韦使其客人人著所闻,集论以为八览、六论、十二纪,二十余万言,以为备天地万物古今之事,号《吕氏春秋》。为扩大影响,置之咸阳市门,悬千金其上,请诸侯游士宾客,有能增损一字者,即予千金。

八六子

如花貌。当来便约①,永结同心偕老②。为妙年、俊格聪明,凌厉多方怜爱③,何期养成心性近,元来都不相表④。渐作分飞计料。　稍觉因情难供,恁殛恼⑤。争克罢同欢笑⑥。已是断弦尤续⑦,覆水难收⑧,常向人前诵谈,空遣时传音耗。漫悔懊⑨。此事何时坏了。

注释

① 当来：当面。

② 永结同心：永远结为同心，古时男女用以表示恋情词。结同心，即同心结，旧时用锦带编成的连环回文样式的结子，用以象征坚贞的爱情。南朝梁武帝《有所思》诗："腰中双绮带，梦为同心结。"

③ 凌厉：明捷利索。

④ 元来：原来。

⑤ 殛(jí)恼：特别烦恼。殛，杀死。

⑥ 争克罢：怎能罢。

⑦ 断弦尤续：古人以琴瑟和谐喻夫妻和睦，以断弦喻指丧妻。这里用断弦尤续，喻指一方情爱断绝，另一方犹不能已。

⑧ 覆水难收：据《类林》记载：西周太公望曾娶马氏妻，后马氏离去。等到太公助西周得天下，"及封齐，东就国，道遇妇，泣。问之，其前妻也，再拜求合。公取盆水倾地，令收之，惟少泥。太公曰：'若能离更合？覆水定难收。'"后常喻指既成事实不可能更改。

⑨ 漫悔懊：空懊恼。

长寿乐

尤红殢翠。近日来、陡把狂心牵系。罗绮丛中,笙歌宴上,有个人人可意①。解严妆巧笑②,取次言谈成娇媚。知几度、密约秦楼尽醉③。仍携手,眷恋香衾绣被。　　情渐美。算好把、夕雨朝云相继④。便是仙禁春深⑤,御炉香裊⑥,临轩亲试。对天颜咫尺,定然魁甲登高第⑦。待恁时、等着回来贺喜。好生地⑧。剩与我儿利市⑨。

注释

① 可意:中意,使人动心。
② 严妆:指梳洗打扮。
③ 秦楼:本指秦穆公女弄玉所居楼,这里指女子所居绣楼。
④ 夕雨朝云:用宋玉《高唐赋》典,指男女欢爱事。
⑤ 仙禁:仙人禁苑,这里是天子所居禁苑。
⑥ 御炉:天子所用香炉。
⑦ 魁甲:即魁首,榜首,进士第一名。
⑧ 好生地:即好好地。
⑨ 剩与:赠予,赠送。剩,音义均同媵,赠送,陪嫁。我儿:"我的可心人儿"的省称,是女子对意中人的昵称。利市:粤俗,以

钱物赠人曰利市。周密《乾淳岁时记》记载："禁中以腊月廿四为小节夜,三十日为大节夜,呈女童驱傩……后妃诸阁,又各进岁轴儿及珠翠百事吉、利市袋儿、小样金银器皿。"可知宋代有于岁末赠利市袋以图吉利的习俗。

辑评

清丁绍仪《听秋声馆词话》卷十四"词律分段之误"条:《长寿乐》应于"密约秦楼尽醉"句分段。

清陈锐《裛碧斋词话》"柳词隔句协"条:隔句协,始于《诗》之"萧萧马鸣,悠悠旆旌","萧"、"悠"为韵……词则柳耆卿《倾杯乐》云(略),又云:"知几度,密约秦楼尽醉,仍携手,眷恋香衾绣被。""度"、"手"亦隔协。方音"否"读如"釜",宋词往往以"否"协"处",此即其例。

望海潮

东南形胜①,三吴都会②,钱塘自古繁华③。烟柳画桥④,风帘翠幕,参差十万人家⑤。云树绕堤沙⑥。怒涛卷霜雪⑦,天堑无涯⑧。市列珠玑,户盈罗绮竞豪奢。　　重湖叠巘清嘉⑨。有三秋桂子⑩,十里荷花⑪。羌管弄晴，菱歌泛夜，嬉嬉钓叟莲娃⑫。千骑拥高牙⑬。乘醉听箫鼓，吟赏烟霞。异日图将好景⑭，归去凤池夸⑮。

注释

① 东南形胜：指杭州为东南一带风景秀丽之处。北宋时杭州为两浙路治所，据《宋史》卷八八《地理志》记载："两浙路，盖《禹贡》扬州之域，当南斗、须女之分。东南际海，西控震泽，北又滨于海。"所以称之。

② 三吴都会：东南一带的大都会。三吴，指吴兴郡、吴郡、会稽郡，约为今苏南、浙江一带。

③ "钱塘"句：钱塘在秦即置县，汉魏隋唐皆置县，五代时吴越王又建都杭州，故称其自古即为繁华之地。钱塘，本为县名，此指杭州。

④ 烟柳画桥：如烟的杨柳掩映画桥，状杭州美景。周密《武林旧事》记载："苏公堤，元祐中东坡守杭日所筑，起南迄北，横截湖面，夹道杂植花柳，中为六桥九亭……"六桥之外，尚有西泠桥、处士桥、涵碧桥、断桥、小溜水桥、黄山桥、石函桥、行春桥、小行春桥、合涧桥、龙脊桥等，其记断桥景色云："万柳如云，望如裙带。白乐天诗云：'谁开湖寺西南路，草绿裙腰一带斜。'"

⑤ 参差：不整齐的样子，这里指依山所建的房屋高低不齐。

⑥ 堤沙:西湖有白堤、苏堤和小新堤,因堤多为泥沙堆积而成,故云。

⑦ 怒涛卷霜雪:指钱塘潮涌时的壮丽景象。《武林旧事》载:"浙江之潮,天下之伟观也,自既望以至十八日为最盛。方其远出海门,仅如银线,既而渐近,则玉城雪岭,际天而来,大声如雷霆,震撼激射,吞天沃日,势极雄豪。"

⑧ 天堑:天然的壕沟,本指长江。《南史》卷七七《孔范传》记载:"隋师将济江,群官请为备防。范奏曰:'长江天堑,古来限隔,虏军岂能飞渡?'"这里借指钱塘江,因为钱塘江面宽阔,故谓其"无涯"。

⑨ 重湖:两湖相接。因为白堤、苏堤将西湖分为里湖和外湖,故称。叠巘(yǎn):层叠的山峦。巘,山峰,山顶。

⑩ 三秋桂子:秋天桂花飘香。三秋,秋季三个月。

⑪ 十里荷花:形容荷花繁盛。白居易《余杭形胜》称:"绕郭荷花三十里,拂城松树一千株。"

⑫ "羌管"三句:状杭人游湖盛况。《武林旧事》记杭人游湖的盛况:"西湖天下景,朝昏晴雨,四序总宜。杭人亦无时而不游,而春游特盛焉……都人士女,两堤骈集,几于无置足地。水面画楫,栉比如鱼鳞,亦无行舟之路,歌欢箫鼓之声,振动远近。"

⑬ "千骑"句:太守游湖之壮阔声势。千骑,随从骑兵甚众。高牙,牙旗高举。牙旗,将军之旗。

⑭ 图将:画出。

⑮ 凤池：即凤凰池，禁中池沼，中书省所在地，故用来喻指宰相。

辑评

宋杨湜《古今词话》：柳耆卿与孙相何为布衣交。孙知杭州，门禁甚严，耆卿欲见之不得，作望海潮词，往谒名妓楚楚曰："欲见孙相，恨无门路。若因府会，愿借朱唇歌于孙相公之前。若问谁为此词，但说柳七。"中秋府会，楚楚宛转歌之，孙即日迎耆卿坐。

宋罗大经《鹤林玉露》卷一：孙何帅钱塘，柳耆卿作《望海潮》词赠之云……此词流播，金主亮闻之，欣然有羡于三秋桂子、十里荷花，遂起投鞭渡江之志。近时谢处厚诗曰："谁把杭州曲子讴……牵动长江万里愁。"余谓此词虽牵动长江之愁，然卒为金主送死之媒，未足恨也。至于荷艳桂香，妆点湖山之清丽，使士夫流连于歌舞嬉游之乐，遂忘中原，是则深可恨耳。因和其诗云："杀胡快剑是清讴，牛渚依然一片秋。却恨荷花留玉辇，竟忘烟柳汴宫愁。"此不足以咎柳永也。惟一时士大夫妆点湖山，流连歌舞，致亡中夏，为恨事耳。

清叶申芗《本事词》卷上"唐五代北宋"之"柳永《望海潮》"：耆卿与孙相何为布衣交。孙镇杭日，门禁甚严，柳欲进谒，门吏不为通刺。乃制《望海潮》词，诣名妓楚楚曰："欲见孙相不得通，若因府会，愿朱唇为歌此词。倘询谁作，但云柳七耳。"适中秋夜宴，楚为宛转歌之。果询谁作，答以柳七。孙即席延柳预宴。其词云……然此词传播，致启金海陵立马吴峰之志，又追咎于歌咏之工也已。

清王闿运《湘绮楼评词·词选续编》:此则宜于红氍上扮演,非文人声口。

又:此时凤池可望江潮。

如鱼水

轻霭浮空,乱峰倒影,潋滟十里银塘①。绕岸垂杨。红楼朱阁相望。芰荷香②。双双戏、鸂鶒鸳鸯③。乍雨过、兰芷汀洲,望中依约似潇湘④。风淡淡,水茫茫。动一片晴光。画舫相将⑤。盈盈红粉清商⑥。紫薇郎⑦。修禊饮、且乐仙乡⑧。更归去,遍历銮坡凤沼⑨,此景也难忘。

注释

① 潋滟(liànyàn):弥漫相连的样子。银塘:波光粼粼的池塘。
② 芰荷:菱角和荷花,两种水生植物都是叶覆水面,故一般连用以指荷。芰,菱角的一种,四角为芰,两角为菱。
③ 鸂鶒(xīchì):一种水鸟,似鸳鸯而稍大,羽毛有五彩而多紫色,故又名紫鸳鸯。

④ 潇湘:潇水和湘水的合称,此处指潇湘合流之处即湖南零陵一带的美景。
⑤ 相将:相与,相连属的状态。
⑥ 红粉清商:美艳少女歌唱清商之曲。红粉,指少女,歌女。清商,清商三调,古代的乐曲。
⑦ 紫薇郎:本作紫微郎,即中书郎,全称为中书侍郎,为中书令之副手。
⑧ 禊(xì)饮:祓禊之后的宴集。旧俗于水旁灌濯以祓除妖邪,上巳为春禊,后定三月三日为禊辰,禊后之宴为禊饮。
⑨ 銮坡凤沼:指翰林院与中书省。銮坡,即金銮坡。凤沼,即凤凰池,古代宰相办公之地。

如鱼水

帝里疏散①,数载酒萦花系②,九陌狂游。良景对珍筵恼,佳人自有风流。劝琼瓯③。绛唇启、歌发清幽。被举措、艺足才高,在处别得艳姬留④。浮名利,拟拚休⑤。是非莫挂心头。富贵岂由人,时会高志须酬⑥。莫闲愁。共绿蚁、红粉相尤⑦。向绣幄,醉倚芳姿睡⑧。算除此外何求。

注释

① 帝里:此指北宋都城汴京。
② 酒萦花系:被花和酒纠缠,指迷恋醇酒和美人。
③ 琼瓯:玉质酒杯。这里代指酒。
④ 在处:处处。
⑤ 拚休:放弃,不再努力。
⑥ 时会:时运。
⑦ 绿蚁:古代美酒名。
⑧ 芳姿:美好的姿态,代指美女。

玉蝴蝶

望处雨收云断,凭阑悄悄,目送秋光。晚景萧疏,堪动宋玉悲凉①。水风轻、蘋花渐老②,月露冷、梧叶飘黄。遣情伤。故人何在,烟水茫茫。难忘。文期酒会③,几孤风月④,屡变星霜⑤。海阔山遥,未知何处是潇湘⑥。念双燕、难凭远信⑦,指暮天、空识归航⑧。黯相望。断鸿声里,立尽斜阳。

注释

① 宋玉悲凉:宋玉《九辩》首句为:"悲哉,秋之为气也。"后人常将悲秋情绪与宋玉相联系。

② 苹花:亦称白苹,一种大浮萍,夏秋间开白色小花。

③ 文期:相互约定作文赋诗之期。

④ 几辜:多次辜负。

⑤ 屡变星霜:经过多年。星,指岁星,亦名木星、太岁。木星约十二年绕日一周,故古人以其经行之方位纪年,星变方位则岁移。

⑥ 潇湘:潇水与湘江,在今湖南零陵西相合,称潇湘。古代诗人多以湘水为潇湘。

⑦ "双燕"二句:用绍兰、任宗夫妇凭燕传书典。《开元天宝遗事》载:"长安豪民郭行先,有女子绍兰,适巨商任宗,为贾于湘中,数年不归,复音书不达。绍兰目睹堂中有双燕戏于梁间,兰长吁而语于燕曰:'我闻燕子自海东来,往复必经由于湘中。我婿离不归数岁,蔑(杳)有音耗,生死存亡,弗可知也。欲凭尔附书投于我婿。'言讫泪下。燕子飞鸣上下,似有所诺。兰复曰:'尔若相允,当泊我怀中。'燕遂飞于膝上。兰遂吟诗一首云:'我婿去重湖,临窗泣血书。殷勤凭燕翼,寄与薄情夫。'兰遂小书其字系于足上,燕遂飞鸣而去。任宗时在荆州,忽见一燕飞鸣于头上。宗讶视之,燕遂泊于肩上,见有一小封书系于足上。宗解而示之,乃妻所寄之书。宗感而泣下,燕复飞鸣而去。"

⑧ 空识归航:白白地辨识归航,指盼人归来却未归。

辑评

蔡嵩云《柯亭词论》:柳词胜处,在气骨,不在字面。其写景处,远胜其抒情处。而章法大开大阖,为后起清真、梦窗诸家所取法,信为创调名家。如《玉蝴蝶》"望处雨收云断"……诸阕,写羁旅行役中秋景,均穷极工巧。

玉蝴蝶

渐觉芳郊明媚,夜来膏雨①,一洒尘埃。满目浅桃深杏,露染风裁。银塘静、鱼鳞簟展②,烟岫翠、龟甲屏开③。殷晴雷④。云中鼓吹,游遍蓬莱。徘徊。隼旟前后⑤,三千珠履⑥,十二金钗⑦。雅俗熙熙,下车成宴尽春台⑧。好雍容、东山妓女⑨,堪笑傲、北海尊罍⑩。且追陪。凤池归去⑪,那更重来。

注释

① 膏雨:如膏之雨,即甘霖。

② 鱼鳞簟(diàn)展：波纹如鱼鳞状簟席那样展开。鱼鳞簟，织纹如鱼鳞的簟席。簟，凉席。

③ 龟甲屏：古代饰有龟甲的贵重屏风。李贺《蝴蝶飞》："杨花扑帐春云热，龟甲屏风醉眼缬。"

④ 殷晴雷：晴天的雷声。殷，雷声，读如"隐"，去声。

⑤ 隼旟(yú)：画有鹰隼的旗帜。隼，一种猛禽，亦名鹘。旟，古代一种军旗。

⑥ 三千珠履：称赞僚属们衣着整齐华贵。《史记·春申君列传》："赵平原君使人于春申君，春申君舍之于上舍。赵使欲夸楚，为玳瑁簪，刀剑室以珠玉饰之，请命春申君客。春申君客三千余人，其上客皆蹑珠履以见赵使，赵使大惭。"

⑦ 十二金钗：众多的美女。金钗，指代美女。南朝梁武帝《河中之水歌》："头上金钗十二行，足下丝履五文章。""金钗十二行"本用以形容美女头上金钗之多，后以"十二金钗"喻指众多的妃嫔或姬妾。

⑧ "雅俗"二句：用老子《道德经》"众人熙熙，如享太牢，如登春台"句意，指新官上任之初，雅俗士庶之众，皆相与宴乐。

⑨ 东山妓女：用谢安携妓出游典。《晋书》卷七九《谢安传》："安虽放情丘壑，然每游宴，必以妓女从。"东山，在今浙江上虞西南四十五里，曾为谢安所居，并携妓游宴。

⑩ 北海尊罍(léi)：用孔融好客典。《后汉书·孔融传》载，孔融为北海相，时称孔北海。融性宽容少忌，好士，喜诱益后进。及退闲职，宾客日盈其门。常叹曰："坐上客恒满，尊中酒不

空,吾无忧矣。"后常用作典实,以喻主人之好客。罍,古代一种盛酒的器具,形状像壶。
⑪ 凤池:凤凰池,古代宰相办公之地。

玉蝴蝶

是处小街斜巷,烂游花馆①,连醉瑶卮②。选得芳容端丽,冠绝吴姬③。绛唇轻、笑歌尽雅,莲步稳、举措皆奇④。出屏帏。倚风情态,约素腰肢。

当时。绮罗丛里⑤,知名虽久,识面何迟。见了千花万柳⑥,比并不如伊。未同欢、寸心暗许,欲话别、纤手重携。结前期。美人才子,合是相知。

注释

① 花馆:即烟花馆,妓院。
② 瑶卮(zhī):美玉制成的酒杯,这里代指美酒。卮,古代盛酒的器皿。
③ 吴姬:吴地的美女。
④ 莲步:美人步态。《南史》卷五《废帝东昏侯传》载:"凿金为莲华以贴地,令潘妃行其上,曰:'此步步生莲华也。'"

⑤ 绮罗丛里:在穿着美艳衣服的众多女子当中,相当于美女丛中的意思。

⑥ 千花万柳:千万花柳,即众多妓女。

玉蝴蝶

误入平康小巷①,画檐深处,珠箔微褰②。罗绮丛中,偶认旧识婵娟③。翠眉开、娇横远岫④,绿鬓軃、浓染春烟⑤。忆情牵。粉墙曾恁,窥宋三年⑥。　　迁延。珊瑚筵上,亲持犀管⑦,旋叠香笺。要索新词,姝人含笑立尊前⑧。按新声、珠喉渐稳⑨,想旧意、波脸增妍⑩。苦留连。凤衾鸳枕,忍负良天。

注释

① 平康:唐代平康坊,在长安,为妓女聚居之地。当时习俗,新进士常游其中。

② 微褰(qiān):稍微提起来。褰,把衣服提起来。

③ 旧识婵娟:往日相好的恋人。婵娟,此指相恋的女子。

④ "翠眉"句:古代女子的一种淡眉妆,被比喻成远山的云朵。

⑤ "绿鬓"句:形容女子发式美好。軃,下垂。

⑥"粉墙"二句：意思是往日曾经相恋了很长一段时间。宋，指宋玉。宋玉《登徒子好色赋》记："臣里之美者，莫如臣东家之子。然此女登墙窥臣三年矣，臣未之许也。"

⑦ 犀管：毛笔。

⑧ 殢(tì)人：与所恋之人相狎昵。

⑨ 珠喉：形容歌喉婉转亮丽。唐白居易《琵琶行》中形容琵琶女演奏妙处："嘈嘈切切错杂弹，大珠小珠落玉盘。"

⑩ 波脸：眼波流转的美丽容貌，暗送秋波的意思。

玉蝴蝶

淡荡素商行暮①，远空雨歇，平野烟收。满目江山，堪助楚客冥搜②。素光动、云涛涨晚，紫翠冷、霜巘横秋③。景清幽。渚兰香谢，汀树红愁。　　良俦。西风吹帽④，东篱携酒⑤，共结欢游。浅酌低吟，坐中俱是饮家流⑥。对残晖、登临休叹，赏令节、酪酊方酬⑦。且相留。眼前尤物，盏里忘忧⑧。

注释

① 素商：指秋天。古人以五行、五音与天时相配，秋季与五音相

配为商,其色白,故称。欧阳修《秋声赋》:"夫秋,刑官也,于时为阴。又兵象也,于行为金。是谓天地之义气,常以肃杀而为心。天之于物,春生秋实,故其在乐也,商声,主西方之音,夷则为七月之律,商,伤也。物既老而悲伤;夷,戮也,物过盛而当杀。"

② 楚客:依词意当指王粲客荆州事。汉末诗人王粲避乱往荆州依刘表,不为重用,思念故乡,登荆州当阳城楼,作《登楼赋》。其中有:"虽信美而非吾土兮,何曾足以少留?"

③ 霜巘(yǎn):经霜的山峦。巘,山峰,山顶。

④ 西风吹帽:用孟嘉重阳登高典。《晋书·孟嘉传》云:"(孟嘉)为征西桓温参军,温甚重之。九月九日,温燕龙山,僚佐毕集。时佐吏并着戎服,有风至,吹嘉帽落,嘉不之觉。温使左右勿言,欲观其举止。嘉良久如厕,温令取还之,命孙盛作文嘲嘉,着嘉坐处。嘉还见,即答之,其文甚美,四座嗟叹。"

⑤ 东篱携酒:晋陶渊明《饮酒》其四有:"采菊东篱下,悠然见南山。"此以携酒东篱,寓文人洒脱情怀。

⑥ 饮家流:豪饮之辈。流,某一类,某一些。

⑦ 酩酊:醉得迷迷糊糊的样子。

⑧ 盏里忘忧:指因沉迷于美酒而忘记忧愁。汉末曹操《短歌行》有:"何以解忧,唯有杜康。"此化用其意。

满江红

暮雨初收,长川静、征帆夜落。临岛屿、蓼烟疏淡①,苇风萧索。几许渔人飞短艇,尽载灯火归村落。遣行客、当此念回程,伤漂泊。　　桐江好②,烟漠漠。波似染,山如削。绕严陵滩畔③,鹭飞鱼跃。游宦区区成底事④,平生况有云泉约⑤。归去来、一曲仲宣吟,从军乐⑥。

注释

① 蓼烟:蓼花上笼罩着的雾霭。
② 桐江:在浙江桐庐境内。
③ 严陵滩:即严陵濑,在浙江桐庐县境。《水经注》载:"自县至於潜,凡十有六濑,第二是严陵濑。濑带山,山下有一石室,汉光武帝时严子陵所居也。故山及濑皆即人姓名之。"
④ 底事:何事。
⑤ 云泉约:与云泉相约,寄情山水的意思。
⑥ "归去来"二句:晋陶渊明有《归去来兮辞》:"归去来兮,田园将芜,胡不归。"仲宣,三国时文士王粲字。王粲为建安七子之一,其《登楼赋》云:"虽信美而非吾土兮,何曾足以少留?"王粲后来为曹操所用,随其征吴,作《从军诗》五首,其第一首

咏:"从军有苦乐,但问所从谁。所从神且武,焉得久劳师。相公征关右,赫怒震天威。"这里用陶渊明的思归和王粲对从军的伤感,表达背井离乡,羁旅宦游的倦怠之情。

辑评

宋释文莹《湘山野录》卷中:范文正公谪睦州,过严陵祠下,里巫迎神,但歌《满江红》,有"桐江好,烟漠漠,波似染,山如削。绕严陵滩畔,鹭飞鱼跃"之句。公曰:"吾不善音律,撰一绝送神曰:'汉包六合网英豪,一个冥鸿惜羽毛。世祖功臣三十六,云台争似钓台高。'"

满江红

访雨寻云①,无非是、奇容艳色。就中有、天真妖丽,自然标格②。恶发姿颜欢喜面③,细追想处皆堪惜。自别后、幽怨与闲愁,成堆积。　　鳞鸿阻④,无信息。梦魂断,难寻觅。尽思量,休又怎生休得。谁恁多情凭向道⑤,纵来相见且相忆。便不成、常遣似如今,轻抛掷。

注释

① 访雨寻云：用巫山神女与楚王欢会典，指寻求美艳女子。战国宋玉《高唐赋》载：楚王游高唐，梦与神女欢会，临别时神女云："妾在巫山之阳，高丘之阻。旦为朝云，暮为行雨。朝朝暮暮，阳台之下。"
② 标格：标致风范，这里指身姿姣好。
③ 恶发姿颜：娇嗔的容貌。恶发，宋代俗称发怒为恶发。
④ 鳞鸿阻：音信阻隔难通。古时有鱼雁传书之说，故云。
⑤ 向道：爱道，爱说。

满江红

万恨千愁，将少年、衷肠牵系。残梦断、酒醒孤馆，夜长无味。可惜许枕前多少意，到如今两总无终始①。独自个、赢得不成眠，成憔悴。　　添伤感，将何计。空只恁，厌厌地。无人处思量，几度垂泪。不会得都来些子事②，甚恁底死难拚弃。待到头、终久问伊着③，如何是。

注释

① 无终始:没有结果。终始,偏义词,主要是"终"的意思。
② 都来:算来,算起来。些子:少,不多。
③ 着:一作"看"。

辑评

清李佳《左庵词话》卷上"入作三声"条:《词林正韵》有云:入声作三声,词家多承用……柳永《满江红》:"待到头,终久问伊着。""着"字叶"池烧"切……如此类不可悉数,故用其以入作三声之例,而末仍列入声五部,则入声既不缺,而入作三声者皆有切音,人亦知有限度,不能滥施以自便。

满江红

匹马驱驱,摇征辔、溪边谷畔。望斜日西照,渐沉山半。两两栖禽归去急,对人相并声相唤。似笑我、独自向长途,离魂乱。　　中心事,多伤感。人是宿①,前村馆。想鸳衾今夜,共他谁暖。惟有枕前相思泪,背灯弹了依前满。怎忘得、香阁共伊时,嫌更短②。

注释

① 人是宿：人虽寄宿。是，犹虽。
② 更短：夜里时间太短。更，古时将一夜分成五更。

洞仙歌

　　乘兴，闲泛兰舟，渺渺烟波东去。淑气散幽香①，满蕙兰汀渚②。绿芜平畹③，和风轻暖，曲岸垂杨，隐隐隔、桃花圃。芳树外，闪闪酒旗遥举。
　　羁旅。渐入三吴风景④，水村渔市，闲思更远神京⑤，抛掷幽会小欢何处。不堪独倚危樯，凝情西望日边⑥，繁华地、归程阻。空自叹当时，言约无据。伤心最苦。伫立对、碧云将暮⑦。关河远⑧，怎奈向、此时情绪⑨。

注释

① 淑气：温和之气。
② 满蕙兰汀渚：即汀渚上长满了蕙兰。
③ 平畹(wǎn)：即平野。畹，古代以三十亩地为一畹。

④ 三吴：指吴兴郡、吴郡、会稽郡，约为今苏南、浙江一带。
⑤ 神京：京城，都城，这里指北宋都城汴京。
⑥ 日边：指京城。《世说新语·夙惠》："晋明帝数岁，坐元帝膝上。有人从长安来……因问明帝：'汝意长安何如日远？'答曰：'日远，不闻人从日边来，居然可知。'元帝异之。明日集群臣宴会，告以此意，更重问之，乃答曰：'日近。'元帝失色曰：'尔何故异昨日之言邪？'答曰：'举目见日，不见长安。'"后遂以日边指帝都所在。这里指北宋都城汴京。
⑦ 碧云：青云。
⑧ 关河：本指函谷关和黄河，因其地形险要，为关中门户所在，故常用来指关隘、关防。这里泛指山河。
⑨ 怎奈向：宋元时俗语，无可奈何的意思。向，语气助词，起加强语气的作用。

辑评

清丁绍仪《听秋声馆词话》卷十四：《洞仙歌》又一体，应于"酒旗遥举"句分段。

引驾行

红尘紫陌①，斜阳暮草长安道，是离人、断肠处,迢迢匹马西征。新晴。韶光明媚,轻烟淡薄和风暖,望花村、路隐映,摇鞭时过长亭。愁生。伤凤城仙子②,别来千里重行行③。又记得临歧,泪眼湿、莲脸盈盈④。　　消凝。花朝月夕,最苦冷落银屏。想媚容、耿耿无眠,屈指已算回程。相萦⑤。空万般思忆,争如归去睹倾城⑥。向绣帏、深处并枕,说如此牵情。

注释

① 红尘紫陌:即紫陌红尘,形容京郊一带人烟丰阜。紫陌,京城郊野。

② 凤城仙子:本指弄玉。《列仙传》载,春秋时人萧史善吹箫,作凤鸣。秦穆公以女弄玉妻之,为筑凤台以居,一夕吹箫引凤,夫妇乘之而去。此处以凤城仙子指歌妓。

③ 千里重行行:指长期在旅途奔波。《古诗十九首》"行行重行行"写旅途凄苦,有:"行行重行行,与君生别离。相去万余里,各在天一涯。道路阻且长,会面安可知?胡马依北风,越鸟巢南枝。相去日已远,衣带日已缓。浮云蔽白日,游子不顾反。思君令人老,岁月忽已晚。弃捐勿复道,努力加餐饭。"

④ 莲脸:形容女子面容娇美如莲花。

⑤ 相萦:这里是相思的意思。
⑥ 倾城:指美女。汉武帝时李延年曾歌:"北方有佳人,绝世而独立。一顾倾人城,再顾倾人国。宁不知倾城与倾国,佳人难再得。"

望远行

长空降瑞,寒风翦①,淅淅瑶花初下②。乱飘僧舍,密洒歌楼,迤逦渐迷鸳瓦。好是渔人,披得一蓑归去,江上晚来堪画③。满长安,高却旗亭酒价④。　　幽雅。乘兴最宜访戴,泛小棹、越溪潇洒⑤。皓鹤夺鲜,白鹇失素⑥,千里广铺寒野。须信幽兰歌断⑦,彤云收尽⑧,别有瑶台琼榭⑨。放一轮明月,交光清夜。

注释

① 寒风翦:寒风凛冽的意思。
② 瑶花:即瑶华,一种美玉。这里指雪花。
③ "乱飘"六句:化用唐郑谷《雪中偶题》"乱飘僧舍茶烟湿,密洒

酒楼酒力微。江上晚来堪画处,渔人披得一蓑归"诗意。迤逦,曲折连绵的样子。鸳瓦,即鸳鸯瓦。古时屋瓦仰俯相扣,因称鸳鸯瓦。

④ "满长安"二句:用唐王之涣、王昌龄、高适旗亭画壁典。唐薛用弱《集异记》载:"开元中,诗人王昌龄、高适、王之涣齐名。时风尘未偶,而游处略同。一日,天寒微雪,三诗人共诣旗亭贳酒小饮。忽有梨园伶官十数人登楼会燕。三诗人因避席偎映拥炉火以观焉,俄有妙妓四辈寻续而至,奢华艳曳都冶颇极,旋则奏乐,皆当时之名部也。昌龄等私相约曰:我辈各擅诗名,每不自定其甲乙。今者可以密观诸伶所讴,若诗入歌词之多者,则为优矣……之涣自以得名已久,因谓诸人曰:'此辈皆潦倒乐官,所唱皆巴人下里之词耳,岂阳春白雪之曲,俗物敢近哉?'因指诸妓之中最佳者曰:'待此子所唱,如非我诗,吾即终身不敢与子争衡,若是吾诗,子等当须列拜床下,奉吾为师。'因欢笑而俟之。须臾,次至双鬟发声,则曰:'黄河远上白云间,一片孤城万仞山;羌笛何须怨杨柳,春风不度玉门关。'之涣即揶揄二子曰:'田舍奴,我岂妄哉!'因大谐笑。诸伶不喻其故,皆起诣曰:'不知诸郎君何此欢噱?'昌龄等因话其事,诸伶竞拜曰:'俗眼不识神仙,乞降清重,俯就筵席。'三子从之,欢醉竟日。"

⑤ "乘兴"二句:用徽之乘兴访戴逵典。《晋书》卷八十《王徽之传》:"(徽之)尝居山阴,雪夜初霁,月色清朗,四望皓然,独酌酒咏左思《招隐》诗,忽忆戴逵。逵在剡溪,便夜乘小船诣之。

经宿方至,造门不前而反。人问其故,徽之答曰:'本乘兴而行,兴尽而反,何必见安道耶!'"越溪,这里指剡溪,为戴逵所居之地。

⑥ "皓鹤"二句:谢惠连《雪赋》中有"庭鹤夺鲜,白鹇失素"的句子。白鹇(xián),鸟名。雄鸟腹黑蓝色,背白有黑纹。雌鸟全身橄榄褐色。

⑦ 幽兰:即春兰。

⑧ 彤云:红云,此指黄昏时的云朵。

⑨ 瑶台琼榭:这里指雪覆盖在台榭上,晶莹如琼瑶美玉。

辑评

清许昂霄《词综偶评》:此词掩袭太多。"皓鹤"二语出惠连《雪赋》。

清黄苏《蓼园词评》:郑谷诗"江上晚来堪画处,渔人披得一蓑归",又"长安酒价高"。越溪,剡溪也,戴安道所居。写雪,通首清雅不俗。第以用前人意思多,总觉少独得之妙句耳。

八声甘州

对潇潇、暮雨洒江天,一番洗清秋。渐风霜凄紧,关河冷落,残照当楼。是处红衰翠减①,苒苒物华休②。惟有长江水,无语东流。　　不忍登高临远,望故乡渺邈③,归思难收。叹年来踪迹,何事苦淹留④。想佳人、妆楼颙望⑤,误几回、天际识归舟。争知我、倚阑干处,正恁凝愁⑥。

注释

① "是处"句:到处都是衰败之景。是处,到处,处处。红衰翠减,花残叶落。语本李商隐《赠荷花》诗:"此荷此叶常相映,翠减红衰愁煞人。"
② 苒(rǎn)苒:渐渐。
③ 渺邈:遥远。
④ 淹留:滞留,停留。
⑤ 颙(yóng)望:仰望,企望。
⑥ 凝愁:愁情萦怀不解,深愁。

辑评

　　宋赵令畤《侯鲭录》卷七:东坡云:"世言柳耆卿词俗,非也。如《八声甘州》之'风霜凄紧,关河冷落,残照当楼',此语于诗句不减唐人。"

　　明杨慎《词品》卷三:《草堂诗余》不选此,而选其如"愿奶奶兰心蕙性"之鄙俗,及"以文会友"、"寡信轻诺"之酸文,不知何见也。

清王奕清《历代词话》卷四"柳词有唐人佳处"条引苏轼语:人皆言柳耆卿词俗,然如"霜风凄紧,关河冷落,残照当楼",唐人佳处,不过如此。

清邓廷桢《双砚斋词话》"柳词"条:《八声甘州》之"渐风霜凄紧,关河冷落,残照当楼",乃不减唐人语。"远岸收残雨"一阕,亦通体清旷,涤尽铅华。昔东坡读孟郊诗作诗云:"寒灯照昏花,佳处时一遭。孤芳擢荒秽,苦语余诗骚。"吾于屯田词亦云。

清刘体仁《七颂堂词绎》:词有与古诗同妙者,如"关河冷落,残照当楼",即《敕勒》之歌也。

清沈祥龙《论词随笔》:词韶丽处,不在涂脂抹粉也……诵耆卿"渐风霜凄紧,关河冷落,残照当楼"句,自觉神魂欲断。盖皆在神不在迹也。

清田同之《西圃词说》:今人论词,动称辛、柳,不知稼轩词以"佛狸祠下,一片神鸦社鼓"为最,过此则颓然放矣。耆卿词以"关河冷落,残照当楼"与"杨柳岸、晓风残月"为佳,非是则淫以亵矣。此不可不辨。

清陈廷焯《白雨斋词话》卷五:炼字琢句,原属词中末技,然择言贵雅,亦不可不慎。古人词有竟体高妙,而一句小疵,致令通篇减色者。如柳耆卿"对潇潇、暮雨洒江天"一章,情景兼到,骨韵俱高。而有"想佳人妆楼长望"之句,"佳人妆楼"四字连用,俗极,亦不检点之过。

又:《词则·大雅集》卷一:情景兼到,骨韵俱高,无起伏之痕,有生动之趣。古今杰构,耆卿集中,仅见此作。"佳人妆楼"四字,连用俗极。择言贵雅,何不检点如是,致令白璧微瑕。

梁启超《饮冰室评词》乙卷:飞卿词"照花前后镜,花面交相映",此词境颇似之。

王国维《人间词话·删稿》:若屯田之《八声甘州》,东坡之《水调歌头》,则伫兴之作,格高千古,不能以常调论也。

蔡嵩云《柯亭词论》:柳词胜处,在气骨,不在字面。其写景处,远胜其抒情处。而章法大开大阖,为后起清真、梦窗诸家所取法,信为创调名家。如……《甘州》"对潇潇暮雨洒江天"诸阕……写羁旅行役中秋景,均穷极工巧。

俞陛云《唐五代两宋词选释》:"霜风"、"残照"三句音节悲抗,如江天闻笛,古戍吹笳,东坡极称之,谓唐人佳处,不过如此。以其有提笔四顾之概,类太白之"牛渚望月"、少陵之"夔府清秋"也。

陈匪石《声执》卷上:句首或句中或句尾限用去上者……句中之例,如屯田《八声甘州》之"暮雨"。

又一则:乾嘉经师有恒言曰:"始为之不易,后来者加详。"由晚近之词学,上视清初,声律如是,句法亦如是。万氏纠明代清初之误读,所用方法,审本文之理路语气,校本调之前后短长,再取他家以资对证,此万古不易之说也。彼所成就,为五言一领四与上二下三之别。七言上三下四与上四下三之别。次则九字句上三下六与上五下四之别。再次则为短韵,已了如指掌。然有引其端,未竟其绪者。中二字相连之四字句,《八声甘州》之"倚阑干处",注中言及,而不视为重要。

临江仙

　　梦觉小庭院,冷风淅淅,疏雨潇潇。绮窗外,秋声败叶狂飘。心摇。奈寒漏永①,孤帏悄,泪烛空烧②。无端处③,是绣衾鸳枕,闲过清宵④。　　萧条。牵情系恨,争向年少偏饶⑤。觉新来、憔悴旧日风标⑥。魂消。念欢娱事,烟波阻、后约方遥。还经岁,问怎生禁得⑦,如许无聊。

注释

① 寒漏永:寒夜当中的滴漏声显得迟缓。漏,铜壶滴漏,古代计时工具。这里用漏永,指滴漏声空旷漫长。
② 泪烛:蜡烛,因燃蜡熔化下淋如泪,故称。唐李商隐《无题》诗有:"春蚕到死丝方尽,蜡炬成灰泪始干。"
③ 无端:无缘由,无缘无故。
④ 清宵:清冷孤寒的夜晚。
⑤ 争向:怎么会,怎么样。向,语气词,起加重语气的作用。
⑥ 风标:风姿。
⑦ 怎生:怎么,如何。

竹马子

登孤垒荒凉,危亭旷望,静临烟渚①。对雌霓挂雨②,雄风拂槛③,微收烦暑。渐觉一叶惊秋④,残蝉噪晚,素商时序⑤。览景想前欢,指神京,非雾非烟深处⑥。　　向此成追感,新愁易积,故人难聚。凭高尽日凝伫。赢得消魂无语。极目霁霭霏微,暝鸦零乱,萧索江城暮。南楼画角⑦,又送残阳去。

注释

① 烟渚:雾气弥漫的小洲。

② 雌霓:指彩虹,古人称彩虹色艳丽者为雄虹,色暗者为雌霓。

③ 雄风:刚劲的大风。战国宋玉《风赋》:"清清泠泠,愈病析酲,发明耳目,宁体便人,此所谓大王之雄风也。"

④ 一叶惊秋:看到一片树叶飘落而心惊于秋天的来临。《淮南子·说山》:"见一叶之落而知岁时之将暮。"

⑤ 素商:秋天的别称。

⑥ 非雾非烟:指祥云。《史记》卷二七《天官书》:"若烟非烟,若云非云,郁郁纷纷,萧索轮囷,是谓卿云。卿云见,喜气也。若雾非雾,衣冠而不濡,见则其域披甲而趋。"

⑦ 南楼画角:指高楼上的画角声引起悲伤之情。南楼,此泛指高楼。画角,古代军中用以警昏晓的号角。

小镇西

意中有个人,芳颜二八。天然俏、自来奸黠①。最奇绝。是笑时、媚靥深深,百态千娇,再三偎着,再三香滑。　　久离缺。夜来魂梦里,尤花殢雪②。分明似旧家时节。正欢悦。被邻鸡唤起,一场寂寥,无眠向晓,空有半窗残月。

注释

① 奸黠:狡猾,这里指聪慧工于心计。
② 尤花殢雪:指男女欢爱。尤、殢,狎昵之态。这里以花拟美人之容,以雪状美人之肤。

辑评

清焦循《雕菰楼词话》:毛大可称词本无韵,是也。偶检唐宋人词,如……柳永《镇西》用"八"、"黠"、"绝"(屑)、"月"(月)……凡此皆用当时乡谈里语,又何韵之有。

清丁绍仪《听秋声馆词话》卷十四:《镇西》应于"再三香滑"句分段。

小镇西犯

水乡初禁火①,青春未老。芳菲满、柳汀烟岛。波际红帏飘渺。尽杯盘小。歌祓禊②,声声谐楚调③。　路缭绕④。野桥新市里,花秾妓好。引游人、竞来喧笑。酩酊谁家年少⑤。任玉山倒⑥。家何处,落日眠芳草。

注释

① 初禁火:刚好遇上寒食节。古时有寒食节禁火(也称改火)之制,故云。《荆楚岁时记》载:"去冬至一百五日即有疾风甚雨,谓之寒食,禁火三日,造饧大麦粥。"相传晋文公继位后,助他成功的臣子介子推携母归隐山林,文公求之不出,放火烧山。介子推抱树而死。文公哀之,下令于其焚死之日不得举火,后成习俗。

② 祓禊:旧俗于水旁灌濯以祓除妖邪,上巳为春禊,后定三月三日为禊辰,禊后宴集为禊饮。

③ 楚调:楚地的曲调。汉乐府中收为房中之乐,有《白头吟》、《泰山吟》、《梁甫吟》等曲目。

④ 缭绕:相互缠绕。这里指曲折。

⑤ 酩酊:醉得迷迷糊糊的样子。

⑥ 玉山倒:指醉后洒脱神态。典出《世说新语》"容止第十四":

"山公曰:嵇叔夜之为人也,岩岩若孤松之独立;其醉也,傀俄若玉山之将崩。"

辑评

清胡薇元《岁寒居词话》"《乐章集》多舛误"条:(柳永)官屯田员外,善为歌词。教坊得新腔,必求为词,始行于世,故有井水饮处,咸歌柳词。宋人云:诗当学杜,词当学柳。盖词入管弦,柳实能手。今传者多舛缺,如《小镇西路》"缭绕"、《临江仙》"萧条"二字皆后段务头,误作前段结句。尾犯"一种芳心力","芳"实"劳"之误。《浪淘沙慢》之"几度饮散歌阑","阑"乃"阕"之误。《浪淘沙令》之"促尽随红袖举","促"下脱"拍"字是也。

迷神引

一叶扁舟轻帆卷。暂泊楚江南岸。孤城暮角,引胡笳怨①。水茫茫,平沙雁、旋惊散。烟敛寒林簇,画屏展。天际遥山小,黛眉浅②。　　旧赏轻抛,到此成游宦③。觉客程劳④,年光晚。异乡风物,忍萧索、当愁眼。帝城赊⑤,秦楼阻⑥,旅魂乱。芳草连空阔,残照满。佳人无消息,断云远⑦。

注释

① 胡笳:古代胡人卷芦叶而吹,汉人称之为胡笳,其声哀怨。
② 黛眉浅:喻指远山淡雅如浅妆之眉。
③ 游宦:为宦途而出游。
④ 客程劳:旅途劳顿的意思。客程,旅程,旅途。
⑤ 帝城赊:帝城遥远。帝城,这里指北宋都城汴京。
⑥ 秦楼:《列仙传》载秦穆公为其女弄玉夫妇所筑之楼,这里代指所恋女子所居绣楼。
⑦ 断云:指与所恋女子失去联系。云,指朝云。战国宋玉《高唐赋》载:楚王游高唐,梦与神女(即朝云)欢会,临别时神女云:"妾在巫山之阳,高丘之阻。旦为朝云,暮为行雨。朝朝暮暮,阳台之下。"这里以云代所恋之女子。

促拍满路花

香靥融春雪①,翠鬟軃秋烟②。楚腰纤细正笄年③。凤帏夜短④,偏爱日高眠。起来贪颠耍⑤,只恁残却黛眉,不整花钿⑥。　　有时携手闲坐,偎倚绿窗前。温柔情态尽人怜。画堂春过,悄悄落花天⑦。最是娇痴处,尤殢檀郎⑧,未敢拆了秋千。

注释

① "香靥"句:形容美人的面容白皙。香靥,指面容。春雪,喻指面容白皙。

② "翠鬟"句:形容鬟发如秋日的烟峦。鬋,即鬈。

③ 楚腰:细腰。《后汉书·马廖传》载:"楚王好细腰,宫中多饿死。"笄年:女子簪发的年龄,即十五岁。《礼记·内则》:"女子……十有五年而笄。"

④ 凤帏:凤帐,床帐的美称。

⑤ 贪颠耍:喜欢嬉戏玩耍。

⑥ 花钿:做成花状的首饰。

⑦ 落花天:春花飘落的时候,指暮春时节。

⑧ 尤殢檀郎:与所恋男子狎昵嬉玩。檀郎,本指潘安。据载潘安貌美,小字檀奴,因其貌美,为女子所爱,称为檀郎,后诗词中常用来指女子称其所爱。

六么令

淡烟残照,摇曳溪光碧。溪边浅桃深杏,迤逦染春色①。昨夜扁舟泊处,枕底当滩碛②。波声渔笛。惊回好梦,梦里欲归归不得。　　展转翻成无寐,因此伤行役。思念多媚多娇,咫尺千山隔。都为深情密爱,不忍轻离拆。好天良夕。鸳帷寂寞,算得也应暗相忆。

注释

① 迤逦:曲折连绵的样子。
② "枕底"句:指睡在船上,枕波而眠。滩碛,沙滩。

剔银灯

何事春工用意①。绣画出、万红千翠。艳杏夭桃②,垂杨芳草,各斗雨膏烟腻③。如斯佳致④。早晚是、读书天气。　　渐渐园林明媚。便好安排欢计。论篮买花,盈车载酒,百琲千金邀妓⑤。何妨沉醉。有人伴、日高春睡。

注释

① 春工:春意化物之工,指春天。
② 夭桃:此指妖艳的桃花。《诗经·周南·桃夭》有句:"桃之夭

夭,灼灼其华。"

③ 雨膏烟腻:形容春雨润物湿滑如膏,杨柳上烟霭细腻浓密。

④ 佳致:美景。

⑤ 百琲(bèi):极言珍珠之多。古时以珠五百枚为一琲。

红窗听

如削肌肤红玉莹。举措有、许多端正①。二年三岁同鸳寝。表温柔心性。　　别后无非良夜永。如何向、名牵利役②,归期未定。算伊心里,却冤人薄幸③。

注释

① 端正:齐楚,漂亮。

② 名牵利役:即为名利所纠缠,为名利所拘束。

③ 薄幸:犹言薄情。唐杜牧《遣怀》:"十年一觉扬州梦,赢得青楼薄幸名。"

临江仙

鸣珂碎撼都门晓①,旌幢拥下天人②。马摇金辔破香尘。壶浆盈路③,欢动帝城春。　　扬州曾是追游地,酒台花径犹存④。凤箫依旧月中闻⑤。荆王魂梦,应认岭头云⑥。

注释

① "鸣珂"句:拂晓时分,细碎的鸣珂声在城门处振响。撼,这里形容声势很浩大。鸣珂,马笼头上的饰物,因随马行鸣响,故称。

② "旌幢"句:旗帜和旗幡,这里指旗帜仪仗。天人,道德、才貌出众的人。这里是指有德政的官僚。

③ 壶浆盈路:一路上挤满了奉献美酒佳肴的百姓。《孟子·梁惠王下》中形容王师深得人心,以至于百姓"箪食壶浆以迎王师"。

④ 酒台花径:形容扬州的绮艳繁华。

⑤ "凤箫"句:杜牧《寄扬州韩绰判官》诗有:"二十四桥明月夜,玉人何处教吹箫?"这里化用其诗意。

⑥ "荆王"二句:在梦境当中,应该认得当年所欢的女子。荆王,即楚王。战国宋玉《高唐赋》载:楚王游高唐,梦与神女欢会,临别时神女云:"妾在巫山之阳,高丘之阻。旦为朝云,暮为

行雨。朝朝暮暮,阳台之下。"这里以荆王喻指词中所谓的"天人"。

凤归云

向深秋,雨余爽气肃西郊。陌上夜阑①,襟袖起凉飙②。天末残星,流电未灭③,闪闪隔林梢。又是晓鸡声断,阳乌光动④,渐分山路迢迢。　　驱驱行役,苒苒光阴⑤,蝇头利禄⑥,蜗角功名⑦,毕竟成何事,漫相高。抛掷云泉⑧,狎玩尘土⑨,壮节等闲消⑩。幸有五湖烟浪,一船风月,会须归去老渔樵⑪。

注释

① 夜阑:夜深,夜将尽。
② 凉飙:凉风。飙,大风。
③ 流电:当指流星。
④ 阳乌:太阳。古人以为太阳中有三足乌,故称。
⑤ 苒(rǎn)苒:渐渐。

⑥ 蝇头利禄:小小利禄。蝇头,形容微小,微不足道。
⑦ 蜗角功名:形容微不足道。《庄子·则阳》:"有国于蜗之左角者曰触氏,国于蜗之右角者曰蛮氏,争地而战,伏尸数万,逐北旬有五日而后反。"
⑧ 云泉:与云泉相约,即寄情山水的意思。
⑨ 尘土:即尘世,指为名利所累的世俗生活。
⑩ 壮节:豪壮的气节,指远谋大志。
⑪ "幸有"三句:用范蠡助越王勾践灭吴后,携西施泛游五湖典。陆广微《吴地纪》引《越绝书》:"西施亡吴国后,复归范蠡,同泛五湖而去。"

女冠子

淡烟飘薄①。莺花谢、清和院落②。树阴翠、密叶成幄③。麦秋霁景④,夏云忽变奇峰、倚寥廓⑤。波暖银塘,涨新萍绿鱼跃⑥。想端忧多暇,陈王是日,嫩苔生阁⑦。　　正铄石天高,流金昼永⑧,楚榭光风转蕙⑨,披襟处、波翻翠幕。以文会友,沉李浮瓜忍轻诺⑩。别馆清闲,避炎蒸、岂须河朔⑪。但尊前随分⑫,雅歌艳舞,尽成欢乐。

注释

① 飘薄:薄飘之倒置,轻轻飘动的意思。

② 莺花:代指春景。春日莺鸣于花丛,故称。

③ 树阴翠:指树荫浓密的样子。成幄(wò):成了帘幕。幄,本指帘幕,这里形容树荫浓密。

④ 麦秋:收割麦子的季节,指四月。麦熟于四月,故阴历四月对麦子来讲为收获的季节,即麦子的秋季。

⑤ "夏云"句:顾恺之诗有"夏云多奇峰"的句子,这里化用其意。

⑥ 萍绿鱼跃:状春末水景,萍叶泛绿,春鱼跃水。

⑦ "想端忧"三句:谢庄《月赋》中有:"陈王初丧应、刘,端忧多暇,绿苔生阁,芳尘凝榭。"这里化用其意,表达春暮夏初闲暇无趣。

⑧ "正铄石"二句:指白日气温很高。《淮南子》:"夫寒之与暖相反。大寒,地坼水凝,火弗为衰其暑。大热,铄石流金,火弗为益其烈。寒暑之变,无损益于己,质有之也。"意思是天热得可以将金石熔化。

⑨ 光风转蕙:描写雨后天晴景象。战国屈原《招魂》:"光风转蕙,泛崇兰些。"意思是雨后日出,风吹草木,光艳动人,使兰蕙芬芳。

⑩ 沉李浮瓜:典出曹丕《与朝歌令吴质书》:"浮甘瓜于清泉,沉朱李于寒水。"形容文士优雅闲趣的生活。

⑪ 河朔:谓黄河以北之地。

⑫ 随分:随意,随便,任由自己的本性。

玉山枕

骤雨新霁。荡原野、清如洗。断霞散彩，残阳倒影，天外云峰①，数朵相倚。露荷烟芰满池塘②，见次第、几番红翠③。当是时、河朔飞觞④，避炎蒸，想风流堪继。　　晚来高树清风起。动帘幕、生秋气。画楼昼寂，兰台夜静⑤，舞艳歌姝，渐任罗绮。讼闲时泰足风情⑥，便争奈、雅欢都废。省教成、几阕清歌⑦，尽新声，好尊前重理。

注释

① 云峰：这里指如山峰状的云朵。
② 露荷烟芰：水汽弥漫带有露珠的荷叶。
③ 次第：依次相接的意思。
④ 飞觞：举杯或行觞。
⑤ 兰台夜静：兰台，地名，在今湖北钟祥境内。战国宋玉《风赋》："楚襄王游于兰台之宫，宋玉、景差侍，有风飒然而至，王乃披襟而当之，曰：'快哉，此风。寡人所与庶人共者耶？'宋玉对曰：'此独大王之风耳，庶人安得而共之。'"这里用兰台夜静，指夜静风轻时的景象。
⑥ 讼闲时泰：指太平之时，讼事数量很少。

⑦ 省教成:曾经教成功。

减字木兰花

花心柳眼。郎似游丝常惹绊。慵困谁怜。绣线金针不喜穿。　　深房密宴。争向好天多聚散①。绿锁窗前。几日春愁废管弦。

注释
① 争向:怎,怎么。

木兰花令

有个人人真堪羡。问着伴羞回却面①。你若无意向他人,为甚梦中频相见。　　不如闻早还却愿②。免使牵人虚魂乱。风流肠肚不坚牢,只恐被伊牵引断。

注释

① 回却面:回过头去。却,语助词,无实意,用于动词之后。

② 闻早:趁早。

甘州令

　　冻云深①,淑气浅②,寒欺绿野③。轻雪伴、早梅飘谢。艳阳天,正明媚,却成潇洒④。玉人歌,画楼酒,对此景、骤增高价。　　卖花巷陌,放灯台榭。好时节、怎生轻舍⑤。赖和风,荡霁霭⑥,廓清良夜。玉尘铺⑦,桂华满⑧,素光里、更堪游冶。

注释

① 冻云:下雪前凝聚的阴云。

② 淑气:温和之气。

③ 寒欺绿野:绿色原野上布满寒气。

④ 潇洒:此指天气晴朗。

⑤ 怎生:怎么。

⑥ 霁霭:天刚放晴时的轻雾。

⑦ 玉尘铺:形容月光如玉屑飘洒满宇。

⑧ 桂华：指月光。相传月中有桂树，故称。

西 施

苎萝妖艳世难偕①。善媚悦君怀。后庭恃宠，尽使绝嫌猜②。正恁朝欢暮宴，情未足，早江上兵来。　捧心调态军前死③，罗绮旋变尘埃④。至今想，怨魂无主尚徘徊。夜夜姑苏城外⑤，当时月，但空照荒台⑥。

注释

① 苎(zhù)罗：传说中西施的家乡。《吴越春秋》："越得苎罗村鬻薪之女曰西施、郑旦，饰以罗縠，教以容步，三年学服而献于吴。"这里代指西施。
② 嫌猜：嫌弃和猜疑。
③ 捧心调态：以手扪胸口之态。《庄子·天运》讲："故西施病心而颦其里，其里之丑人，见而美之，归亦捧心而颦其里。"
④ "罗绮"句：越灭吴后，西施结果如何，有两种说法。《吴越春秋》讲，吴亡，沉西施于江。《越绝书》讲，吴亡西施复归范蠡，泛五湖而去。古诗词中一般采用后一种说法。这里采用前

一种说法,所以称其"变尘埃"。罗绮,华美的衣服,这里代指穿着华服的西施。

⑤ 姑苏城:苏州城。

⑥ 荒台:指姑苏台,亦称胥台。相传是吴王为西施所造,故云。

西 施

柳街灯市好花多①。尽让美琼娥②。万娇千媚,的的在层波③。取次梳妆,自有天然态,爱浅画双蛾。　断肠最是金闺客④,空怜爱、奈伊何。洞房咫尺,无计枉朝珂⑤。有意怜才,每遇行云处⑥,幸时恁相过。

注释

① "柳街"句:指美艳妓女众多。柳街,柳巷花街的简称,指妓女居处。好花,此指妓女。

② 琼娥:即嫦娥,传说月中有琼楼玉宇,故称。这里代指美妓。

③ "的的"句:的确在含情婉转的眼神当中。的的,的确。层波,指含有多种感情的眼神。

④ 金闺客:此指恋妓者。

⑤ "无计"句:李商隐《镜槛》诗中,描写男女:"想象铺芳褥,依稀解醉罗。散时帘隔露,卧后幕生波。梯稳从攀桂,弓调任射莎。岂能抛断梦,听鼓事朝珂。"所写诗情与此词较类似。朝珂,大臣上朝所骑的马。

⑥ 行云:用宋玉《高唐赋》巫山神女与楚王欢会典,这里借指所恋的女子。

西 施

自从回步百花桥①。便独处清宵。凤衾鸳枕,何事等闲抛。纵有余香,也似郎恩爱,向日夜潜消。恐伊不信芳容改,将憔悴、写霜绡②。更凭锦字③,字字说情悰④。要识愁肠,但看丁香树,渐结尽春梢⑤。

注释

① 百花桥:《续仙传》记载:元和初,元彻、柳实赴浙右省亲,遇海风飘至孤岛,遇南溟夫人,求归。"夫人命侍女紫衣凤冠者曰:'可送客去。而所乘者何?'侍女曰:'有百花桥可驭二子。'二子感谢拜别。夫人赠以玉壶一枚,高尺余。夫人命笔

题《玉壶诗》。赠曰:'来从一叶舟中来,去向百花桥上去。若到人间扣玉壶,鸳鸯自解分明语。'俄有桥长数百步,栏槛之上,皆有异花。"这里代指与恋人相别之桥。

② 霜绡:白绫。

③ 锦字:用织锦回文典:前秦窦滔妻苏蕙,用锦织成回文诗赠丈夫的故事。见《晋书·列女传》。

④ 情憀:无聊的情绪。

⑤ "但看"二句:喻愁情纠结,难以排解。丁香,常绿乔木,一名鸡舌香,因花蕾丛聚如结,古人常以喻郁结愁情。唐李商隐《代赠二首》:"芭蕉不展丁香结,同向春风各自愁。"

河 传

翠深,红浅。愁蛾黛蹙,娇波刀翦①。奇容妙妓,争逞舞裀歌扇②。妆光生粉面。　　坐中醉客风流惯。尊前见。特地惊狂眼。不似少年时节,千金争选。相逢何太晚。

注释

① 娇波刀翦:形容眼神娇媚灵动。唐明皇《题梅妃画真》:"霜绡

虽是当时态,争奈娇波不顾人。"
② 舞裯:舞衣。裯,贴身的衣服。

河 传

淮岸,向晚。圆荷向背,芙蓉深浅①。仙娥画舸②,露渍红芳交乱。难分花与面③。　采多渐觉轻船满④。呼归伴。急桨烟村远。隐隐棹歌⑤,渐被蒹葭遮断。曲终人不见⑥。

注释

① "圆荷"二句:(黄昏时分)荷叶向阳背阳不同,荷花颜色也深浅不一。向背,正面和反面,这里指斜阳下荷花向西的一面和向东的一面。
② 仙娥:这里指采莲女。
③ "露渍"二句:指采莲女娇艳的面容与红艳荷花交相映衬,难以区分。露渍,依词意应该是指黄昏时水面的雾气。
④ 采多:采了很多莲子。
⑤ 棹歌:即渔歌。
⑥ "曲终"句:唐钱起《省试湘灵鼓瑟》诗中有"曲终人不见,江上

数峰青"诗句。这里用其成句,描绘采莲女隐身荷花丛中唱渔歌的情景。

郭郎儿近

帝里。闲居小曲深坊①,庭院沉沉朱户闭。新霁。畏景天气②。薰风帘幕无人③,永昼厌厌如度岁。　愁悴④。枕簟微凉,睡久辗转慵起⑤。砚席尘生⑥,新诗小阕,等闲都尽废。这些儿、寂寞情怀⑦,何事新来常恁地。

注释

① 小曲深坊:指妓女聚居之所。唐代孙棨《北里志》:"平康里入北门东回三曲,即诸妓所居之聚也。妓中有铮铮者,多在南曲、中曲。其循墙一曲,卑屑妓所居,颇为二曲轻斥之……二曲中居者,皆堂宇宽静,各有三数厅事,前后植花卉,或有怪石盆池,左右对设,小堂垂帘,茵榻帷幌之类称是。"
② 畏景:即夏景,以炎热令人生畏,故称。
③ 薰风:和暖的南风或东南风。
④ 愁悴:因为愁情难排而憔悴。

⑤ 辗转：不断地翻身，难以入睡。《诗经·周南·关雎》写相思苦况："悠哉悠哉，辗转反侧。"
⑥ 砚席：即砚池，砚中储墨之池。
⑦ 些儿：一些，一点点。

辑评

清丁绍仪《听秋声馆词话》卷十四"词律分段之误"条：《郭郎儿近拍》，应于"永昼厌厌如度岁"句分段。

透碧霄

月华边。万年芳树起祥烟①。帝居壮丽，皇家熙盛，宝运当千②。端门清昼③，觚棱照日④，双阙中天⑤。太平时、朝野多欢。遍锦街香陌，钧天歌吹⑥，阆苑神仙⑦。　　昔观光得意，狂游风景，再睹更精妍。傍柳阴，寻花径，空恁辔辔垂鞭⑧。乐游雅戏⑨，平康艳质⑩，应也依然。仗何人、多谢婵娟。道宦途踪迹，歌酒情怀，不似当年。

注释

① 祥烟:吉祥的云气。古人称天子所在之处,上有祥云瑞气相应,会观气者能识之。

② 宝运当千:朝廷的气数运势有千年之久。

③ 端门:皇宫的正门。

④ 觚(gū)棱:殿堂建筑上最高的转角处。

⑤ 双阙中天:形容双阙高耸,冲天而起。曹植《铜雀台赋》:"建高门之嵯峨兮,浮双阙乎太清。立中天之华观兮,连飞阁乎西城。"阙,门观。

⑥ 钧天:即钧天广乐,传说中的天上音乐。

⑦ 阆苑:传说中的西王母居处。

⑧ 䍁(duǒ)辔:放松马辔头,即停下马车的意思。䍁,下垂。

⑨ 乐游:即乐游原,在陕西长安东。汉宣帝立庙宇于曲江池之北,号乐游,后因称其地为乐游原。该原居京城最高处,四望宽敞,俯视则全城尽在指掌。本句的乐游原和下一句中的"平康",都是借用唐代长安城冶游繁华处,代指北宋都城汴京的冶游场所。

⑩ 平康:唐代平康坊,在长安,为妓女聚居之地。当时习俗,新进士常游其中。

木兰花慢

倚危楼伫立,乍萧索、晚晴初。渐素景衰残①,风砧韵冷②,霜树红疏。云衢③。见新雁过,奈佳人自别阻音书。空遣悲秋念远,寸肠万恨萦纡。　　皇都。暗想欢游,成往事、动欷歔④。念对酒当歌⑤,低帏并枕,翻恁轻孤。归途。纵凝望处,但斜阳暮霭满平芜⑥。赢得无言悄悄,凭阑尽日踟蹰⑦。

注释

① 素景:即秋景。
② 风砧韵冷:风中传来的捣衣声,使人感到寒冷。砧,捣衣石。
③ 云衢:云中大道,意思是大雁在云中飞过,如在大街行走一般自在。
④ 欷歔:因感慨或悲伤而泣噎,抽泣。
⑤ 对酒当歌:举起酒杯高歌。曹操《短歌行》:"对酒当歌,人生几何!"
⑥ 平芜:平野,平原。
⑦ 踟蹰:徘徊,犹豫。

木兰花慢

拆桐花烂漫①,乍疏雨、洗清明。正艳杏烧林,缃桃绣野②,芳景如屏。倾城。尽寻胜去,骤雕鞍、绀幰出郊坰。风暖繁弦脆管,万家竞奏新声③。盈盈。斗草踏青④。人艳冶、递逢迎。向路旁往往,遗簪堕珥,珠翠纵横⑤。欢情。对佳丽地,任金罍罄竭玉山倾⑥。拚却明朝永日,画堂一枕春酲⑦。

注释

① 拆桐花:指桐花绽放。拆,绽裂,开放。
② 缃桃:据《花谱》载,子叶桃又叫缃桃。缃,嫩黄色。
③ "尽寻胜"五句:写北宋汴京清明时节出游的繁盛之景。《东京梦华录》记载:"清明节……都城人出郊,禁中前半月,发宫人车马朝陵,宗室南班近亲,亦分遣诣诸陵坟享祀……亦禁中出车马,诣奉先寺道者院,祀诸宫人坟。莫非金装绀幰,锦额珠帘,绣扇双遮纱笼前导,士庶阗塞诸门。纸马铺皆于当街用纸衮叠成楼阁之状,四野如市,往往就芳树之下,或园囿之间,罗列杯盘,互相劝酬。都城之歌儿舞女,遍满园亭,抵暮而归。"绀幰(gàn xiǎn),红色的车幔。绀,微微显红的黑色。幰,古代车前面的帷幔。坰(jiōng),离城市较远的郊野。
④ 斗草踏青:古代清明节有郊游踏青的习俗。斗草,古代的一

种游戏。南朝梁宗懔《荆楚岁时记》:"五月五日,四民并踏百草,又有斗百草之戏。"

⑤ "向路旁"三句:形容清明节前后女子盛装出游,至翠翘头饰坠落而不知者。苏轼《六月二十七日望湖楼醉书五首》之四云:"献花游女木兰桡,细雨斜风湿翠翘。无限芳洲生杜若,吴儿不识楚辞招。"

⑥ "任金罍(léi)"句:饮酒过量至于沉醉。罍,古礼器,用以盛酒,可容一石。因木质而饰之以金,又刻云雷之象,故谓之金罍。金罍罄竭,即将金罍中一石酒全部喝光。玉山倾,指醉后洒脱神态。典出《世说新语》"容止第十四":"山公曰:嵇叔夜之为人也,岩岩若孤松之独立;其醉也,傀俄若玉山之将崩。"

⑦ 春酲(chéng):春醉。酲,酒醉而神志不清。

辑评

宋沈义父《乐府指迷》:近时词人,多不详看古曲下句命意处,但随俗念过便了。如柳词《木兰花慢》云:"拆桐花烂漫。"此正是第一句,不用空头字在上,故用"拆"字,言开了桐花烂漫也。有人不晓此意,乃云:此花名为拆桐,于词中云"开到拆桐花",开了又拆,此何意也?

元吴师道《吴礼部词话》:《木兰花慢》,柳耆卿清明词,得音调之正。盖"倾城"、"盈盈"、"欢情",于第二字中有韵。近见吴彦高中秋词,亦不失此体,余人皆不能。然元遗山集中凡九首,

内五首两处用韵,亦未为全知者。(明杨慎《词品》卷三评论同吴师道语,不重录)

清沈雄《古今词话·词品上卷》:周簪谷云:换头二字用韵者,长调颇多,中间更有藏韵。《木兰花慢》,惟屯田得音调之正。盖"倾城"、"盈盈"、"欢情",于第二字中有韵。

清周济《宋四家词选目录序论·附录》"柳永"条:《木兰花慢》"拆桐花烂漫",一结大胜"忍把浮名,换了浅斟低唱"。

陈匪石《声执》:句中韵。《木兰花慢》则有三短韵,换头以外,如柳词之"倾城"、"欢情"皆是。且柳之三首悉同。此等叶韵,最易忽略。南宋以后,往往失叶。

同上又一则:中二字相连之四字句……《木兰花慢》之"尽寻胜去",未免忽略。《木兰花慢》并不采柳词。

木兰花慢

古繁华茂苑,是当日、帝王州[①]。咏人物鲜明,风土细腻,曾美诗流。寻幽。近香径处[②],聚莲娃钓叟簇汀洲。晴景吴波练静,万家绿水朱楼。　　凝旒[③]。乃眷东南[④],思共理、命贤侯。继梦得文章[⑤],乐天惠爱[⑥],布政优优。鳌头[⑦]。况虚位久,遇名都胜景阻淹留。赢得兰堂醑酒⑧,画船携妓欢游。

注释

① "古繁华"二句:自古以来那繁华茂盛的苑囿,正是当时的帝王之都。繁华茂苑,此指苏州,因春秋时吴国曾建都于此,故云。

② 香径:即采香径。《太平寰宇记》载,吴地有山,吴王曾遣美人采香于此,因名香山,山上有采香径。

③ 凝旒(liú):帝王把帽子停下来,意思是为帝王所注目。旒,古代帝王帽子前后的玉串。

④ 睠(juàn):顾念,留恋。

⑤ 梦得:唐代诗人刘禹锡,字梦得。刘以进士登博学宏词科,累官至集贤殿学士,出为苏州刺史,迁太子宾客。刘禹锡在苏州做过三年刺史,留下不少关于苏州的诗。临走时有《别苏州》两首,其二道:"流水阊门外,秋风吹柳条。从来送客处,今日自魂销。"

⑥ 乐天:白居易,字乐天,元和进士,迁左拾遗,贬江州司马,后官至刑部尚书。曾为杭州、苏州刺史,有政声。其离开苏州时,留有《别苏州》诗:"浩浩姑苏民,郁郁长洲城。来惭荷宠命,去愧无能名。青紫行将吏,班白列黎氓。一时临水拜,十里随舟行。饯筵犹未收,征棹不可停。稍隔烟树色,尚闻丝竹声。怅望武丘路,沉吟浒水亭。还乡信有兴,去郡能无情。"

⑦ 鳌头：古代称中状元为占鳌头。清洪亮吉《北江诗话》："俗语谓状元独占鳌头，非尽无稽。胪传毕，赞礼官引东班状元、西班榜眼二人，前驱至殿陛下。迎殿试榜抵陛，则状元稍前进。立中陛石上，正中镌升龙及巨鳌，盖禁跸出入所由，即古所谓螭头矣。俗语本此。"这里代指朝堂。

⑧ 兰堂：泛指华美之堂。张衡《南都赋》："揖让而升，宴于兰堂。"

临江仙引

渡口、向晚①，乘瘦马、陟平冈②。西郊又送秋光。对暮山横翠，衬残叶飘黄。凭高念远，素景楚天③，无处不凄凉。　　香闺别无信息，云愁雨恨难忘④。指帝城归路，但烟水茫茫。凝情望断泪眼，尽日独立斜阳。

注释

① 向晚：临晚，黄昏时候。
② 平冈：平原。
③ 素景：素秋之景，秋景。

④ 云愁雨恨：用宋玉《高唐赋》典，指男女之间的恋情难以排遣。

临江仙引

上国①、去客，停飞盖②、促离宴。长安古道绵绵。见岸花啼露③，对堤柳愁烟。物情人意，向此触目，无处不凄然。　醉拥征骖犹伫立④，盈盈泪眼相看。况绣帏人静，更山馆春寒。今宵怎向漏永，顿成两处孤眠。

注释

① 上国：即中国，此处谓汴京。
② 飞盖：飞驰的车盖，这里代指飞驰的车马。盖，车盖。
③ 岸花啼露：指岸边的花朵上沾有露珠。
④ 征骖：出行之马。骖，三马驾车时的旁驾之马。这里指坐骑。

瑞鹧鸪

宝髻瑶簪①。严妆巧，天然绿媚红深。绮罗丛里，独逞讴吟。一曲《阳春》定价②，何啻值千金。倾听处，王孙帝子，鹤盖成阴③。　　凝态掩霞襟。动象板声声④，怨思难任。嘹亮处，迥压弦管低沉。时怎回眸敛黛，空役五陵心⑤。须信道，缘情寄意，别有知音。

注释

① 宝髻瑶簪:指用宝玉等簪饰梳妆得十分富丽。

② 阳春:古代曲名。宋玉《对楚王问》:"客有歌于郢中者,其始曰《下里》、《巴人》,国中属而和者数千人;其为《阳阿》、《薤露》,国中属而和者数百人;其为《阳春》、《白雪》,国中属而和者不过数十人。引商刻羽,杂以流徵,国中属而和者不过数人而已。是其曲弥高,其和弥寡。"这里是用《阳春》曲代指演唱难度极高而美听的歌曲。

③ 鹤盖成阴:形容车骑很多。刘孝标《广绝交论》:"鸡人始唱,鹤盖成阴。"鹤盖,形如飞鹤的车盖。

④ 象板:象牙制作的拍板。

⑤ 五陵:汉代五位皇帝的陵墓,称长陵、安陵、阳陵、茂陵、平陵,在长安附近,因为豪族聚居之所,故代指五陵公子、五陵少年之类人物。

瑞鹧鸪

吴会风流①。人烟好,高下水际山头。瑶台绛阙②,依约蓬丘。万井千闾富庶③,雄压十三州④。触处青蛾画舸,红粉朱楼。　　方面委元侯⑤。致讼简时丰⑥,继日欢游。襦温袴暖,已扇民讴⑦。旦暮锋车命驾⑧,重整济川舟⑨。当恁时,沙堤路稳⑩,归去难留。

注释

① 吴会:吴国(苏州)和越国(会稽),这里指杭州。因为宋两浙路治所在杭州,古吴越之地均在域内,故云。

② 瑶台绛阙:本指仙人居处,这里形容杭州的富丽奢华,如神仙洞府。

③ 万井千闾:形容市井繁华,市容庞大。

④ 雄压十三州:雄豪之气压倒东南一带各州府。《十国春秋》卷一百十一《十国地理表》称:"领浙东西十三州、一军,为吴越。"

⑤ 元侯:本指诸侯之长,这里指重臣大吏。

⑥ 讼简时丰:讼事简约,时物丰富,是古时赞誉地方官员的话。

⑦ "襦温"二句:襦温袴暖,百姓饱暖和乐,对官吏大唱赞歌。用廉范治成都典。《后汉书》卷三《廉范传》记载:"建初中,迁蜀

郡太守,其俗尚文辩,好相持短长,范每厉以淳厚,不受偷薄之说。成都民物丰盛,邑宇逼侧,旧制禁民夜作,以防火灾,而更相隐蔽,烧者日属。范乃毁削先令,但严使储水而已。百姓为便,乃歌之曰:'廉叔度,来何暮?不禁火,民安作。平生无襦今五绔。'"扇民讴,指民众歌颂廉范惠政的《襦绔歌》,又名《来暮歌》《来暮谣》。扇,同煽。

⑧ 锋车:即追锋车,古代指一种速度很快的车。《北堂书钞》:"追锋车,施通幰,遽则乘之。"晋傅畅《晋诸公赞》:"高贵乡公性急,请召,欲速。常与司马望、裴秀等讲宴东堂,秀等在内职,到得及时,以望在外,特给追锋车。"

⑨ 济川舟:大船。《尚书·说命上》:"爰立作相,王置诸其左右。命之曰:'朝夕纳诲,以辅台德。若金,用汝作砺;若济巨川,用汝作舟楫;若岁大旱,用汝作霖雨……'"

⑩ 沙堤:唐李肇《唐国史补》:"凡拜相,府县载沙填路,自私第至于城东街,名曰'沙堤'。"这里是称誉即将拜相。

忆帝京

薄衾小枕凉天气。乍觉别离滋味。展转数寒更,起了还重睡。毕竟不成眠,一夜长如岁。　　也拟待、却回征辔①。又争奈、已成行计。万种思量,多方开解②,只恁寂寞厌厌地。系我一生心,负你千行泪。

注释
① 征辔:这里指出行远游,与出征打仗不同。辔,马缰。
② 开解:开导疏解。

塞 孤

一声鸡,又报残更歇。秣马巾车催发①。草草主人灯下别。山路险,新霜滑。瑶珂响、起栖乌②,金镫冷、敲残月③。渐西风紧,襟袖凄冽。　　遥指白玉京④,望断黄金阙。远道何时行彻⑤。算得佳人凝恨切。应念念,归时节。相见了、执柔荑⑥,幽会处、偎香雪⑦。免鸳衾、两恁虚设。

注释
①"秣马"句:这里指做骑马远行的准备。秣马,喂马。秣,马

料。巾车,用玉金、象革等装饰车子。

② 瑶珂:马络头上的玉饰物。栖乌:夜栖的乌鸦。

③ 金镫:饰金的马镫,马镫的美称。

④ 白玉京:与下一句的"黄金阙",都是指仙人所居宫殿。《五星经》载:"天上有白玉京、黄金阙。"这里借指所欢美人居处。

⑤ 行彻:走完,不再前行,即不用再漂泊的意思。

⑥ 柔荑:指美人的手。《诗经·卫风·硕人》:"手如柔荑,肤如凝脂。"赞硕人之美。

⑦ 香雪:形容美人肌肤。

辑评

清邹祗谟《远志斋词衷》"词体不可解"条:宋人诸体,亦有不可骤解者……又如柳屯田《乐章集》中《倾杯》、《塞孤》、《祭天神》诸长调,俱不分换头。凡此等类,未易缕析。

清丁绍仪《听秋声馆词话》卷十四"词律分段之误"条:如柳永《塞孤》应于"襟袖凄冽"句分段。

瑞鹧鸪

天将奇艳与寒梅。乍惊繁杏腊前开。暗想花神,巧作江南信①,鲜染燕脂细翦裁②。 寿阳妆罢无端饮③,凌晨酒入香腮。恨听烟坞深中④,谁恁吹羌管、逐风来。绛雪纷纷落翠苔⑤。

注释

① "暗想"二句:汉刘向《说苑》:"越使诸发执一枝梅遗梁王,梁王之臣曰韩子,顾谓左右曰:'恶有以一枝梅以遗列国之君者乎?'"后遂以赠梅表示友谊。《荆州记》:"宋陆凯与范晔善,自江南寄梅花诣长安与晔,并赠诗曰:'折梅逢驿使,寄与陇头人。江南无所有,聊寄一枝春。'"

② 燕脂:即燕支,今通作胭脂。《古今注》:"燕支,西方土人以染红,中国人谓之红兰,以染粉为妇人面色,名燕支粉,亦作焉支。"

③ 寿阳妆:即梅花妆,相传为南朝宋武帝女寿阳公主创制。《金陵志》:"寿阳公主人日卧于含章殿檐下,梅花落公主额上,成五出之华,拂之不去,经二日,洗之,乃落。宫女效之,今称梅花妆。"

④ 烟坞:飘浮着轻雾的山坞。

⑤ 绛雪:本为丹名。《汉武帝内传》:"仙家上药,有玄霜、绛雪。"这里喻指红梅。

瑞鹧鸪

全吴嘉会古风流①。渭南往岁忆来游②。西子方来、越相功成去,千里沧江一叶舟③。　至今无限盈盈者,尽来拾翠芳洲④。最是簇簇寒竹,遥认南朝画、晚烟收⑤。三两人家古渡头。

注释

① 全吴嘉会:指苏州为吴国境内最好的中腹之地。
② 渭南:渭水以南。柳永曾游长安,故云。
③ "西子"三句:指西施、范蠡助越王勾践灭吴后,相携归隐,驾舟泛五湖而去。
④ 拾翠芳洲:曹植《洛神赋》:"命俦啸侣,或戏清流,或翔神渚,或采明珠,或拾翠羽。"本指拾翠鸟羽毛以为首饰,这里指妇女春日嬉游。吴中节日,女子盛装出游,有翠翘头饰坠落于玩赏的芳洲而不知者。
⑤ 南朝:东晋之后,宋、齐、梁、陈四个朝廷,统治区域主要在长江以南,与中原一带的统治(史称北朝)相对立,且都定都建康(今江苏南京),史称南朝。

洞仙歌

　　嘉景,向少年彼此,争不雨沾云惹①。奈傅粉英俊②,梦兰品雅③。金丝帐暖银屏亚④。并粲枕、轻偎轻倚⑤,绿娇红姹。算一笑,百琲明珠非价⑥。闲暇。每只向、洞房深处,痛怜极宠,似觉些子轻孤⑦,早恁背人泪洒。从来娇纵多猜讶。更对鬵香云⑧,须要深心同写。爱揾了双眉,索人重画⑨。忍孤艳冶。断不等闲轻舍。鸳衾下。愿常恁、好天良夜。

注释

① 雨沾云惹:用宋玉《高唐赋》楚王与巫山神女欢会典,代指男欢女爱。
② 傅粉:即粉郎,指美男子。用何晏貌美典。《语林》记载:"何平叔(即何晏)美姿仪而绝白,魏明帝疑其傅粉。夏日与热汤饼。既啖,大汗随出,以朱衣自拭,色转皎然。"
③ 梦兰:《左传》:"郑文公有贱妾曰燕姞,梦天使与己兰,曰:'余为伯修。余,尔祖也。以是为尔子,以兰有国香,人服媚之如是。'既而文公见之,与之兰而御之,辞曰:'妾不才,幸而有子,将不信,敢征兰乎?'"

④ 银屏:有银饰的屏风,屏风的美称。
⑤ 粲枕:花纹鲜亮之枕。《诗经·唐风·葛生》:"角枕粲兮,锦衾烂兮。"
⑥ 百琲(bèi):极言珍珠之多。古时以珠五百枚为一琲。
⑦ 些子:有一些,有一点。
⑧ 翦香云:翦下一绺头发。古代女子与情人相别,因情无所托,即剪发以赠。香云,指女子的头发。
⑨ "爱揾"二句:用张敞画眉典,指男女情意缠绵。《汉书》卷七六《张敞传》:"敞无威仪,时罢朝会,过走马章台街,使御吏驱,自以便面拊马。又为妇画眉,长安中传张京兆眉怃。"

辑评

清丁绍仪《听秋声馆词话》卷十四"词律分段之误"条:《洞仙歌》应于"百琲明珠非价"句分段。

安公子

远岸收残雨。雨残稍觉江天暮。拾翠汀洲人寂静①,立双双鸥鹭。望几点、渔灯隐映蒹葭浦。停画桡、两两舟人语②。道去程今夜,遥指前村烟树。

游宦成羁旅。短樯吟倚闲凝伫③。万水千山迷远近，想乡关何处。自别后、风亭月榭孤欢聚。刚断肠、惹得离情苦。听杜宇声声④，劝人不如归去。

注释

① 拾翠汀洲：本指拾翠鸟羽毛以为首饰，这里指妇女春日戏游。吴中节日，女子盛装出游，竟有翠翘头饰坠落而不知者。
② 画桡：有纹饰的船桨，指代船。
③ 短樯：挂帆的船桅。
④ 杜宇：杜鹃，即子规鸟。相传古蜀国望帝失国，其魂魄化为杜鹃，啼声如"不如归去"，声甚悲，暮春时常啼至嘴角流血，犹自不止，颇动旅人悲情。

辑评

清周济《宋四家词选眉批》：《安公子》"远岸收残雨"，后阕音节态度，绝类《拜新月慢》，清真"夜色催更"一阕，全从此脱化出来，特较更跌宕耳。

清邓廷桢《双砚斋词话》"柳词"条：柳耆卿以词名景祐皇祐间。《乐章集》中，冶游之作居其半，率皆轻浮猥媟，取誉筝琶。如当时人所议，有教坊丁大使意……《八声甘州》之"渐风霜凄紧，关河冷落，残照当楼"，乃不减唐人语。"远岸收残雨"一阕，亦通体清旷，涤尽铅华。昔东坡读孟郊诗作诗云："寒灯照昏花，佳处时一遭。孤芳擢荒秽,苦语余诗骚。"吾于屯田词亦云。

蔡嵩云《柯亭词论》:柳词胜处,在气骨,不在字面。其写景处,远胜其抒情处。而章法大开大阖,为后起清真、梦窗诸家所取法,信为创调名家。如……《安公子》"远岸收残雨"……诸阕。写羁旅行役中秋景,均穷极工巧。

安公子

梦觉清宵半。悄然屈指听银箭①。惟有床前残泪烛,啼红相伴。暗惹起、云愁雨恨情何限②。从卧来、展转千余遍。恁数重鸳被,怎向孤眠不暖③。
堪恨还堪叹。当初不合轻分散④。及至厌厌独自个,却眼穿肠断。似恁地、深情密意如何拚⑤。虽后约、的有于飞愿⑥。奈片时难过,怎得如今便见。

注释

① 银箭:古代以铜壶滴漏计时的工具,因指示刻度的指针如箭,故称。
② 云愁雨恨:云雨之愁恨,指因迷恋男女欢爱而兴起的愁怀。
③ 怎向:怎么,怎么会。向,语助词,无实意。

④ 不合:不当,不该。
⑤ 如何拚:如何经受得起,如何舍弃得了。
⑥ 于飞:谓比翼双飞,喻指夫妇和谐。《诗经·邶风·雄雉》:"雄雉于飞,泄泄其羽。"又《诗经·小雅·鸿雁》:"鸿雁于飞,肃肃其羽。"

长寿乐

繁红嫩翠。艳阳景,妆点神州明媚①。是处楼台,朱门院落,弦管新声腾沸②。恣游人、无限驰骤,骄马车如水③。竟寻芳选胜,归来向晚④,起通衢近远⑤,香尘细细。　　太平世。少年时,忍把韶光轻弃。况有红妆,楚腰越艳⑥,一笑千金何啻。向尊前、舞袖飘雪⑦,歌响行云止⑧。愿长绳、且把飞乌系⑨。任好从容痛饮,谁能惜醉。

注释

① 神州:本指全中国,这里代指国之中心,即京城,在宋朝为汴京。

② 新声腾沸:新谱曲的乐歌十分盛行。腾沸,本指水沸腾,这里指歌声如潮。

③ 车如水:谓车马很多,来往不绝。《后汉书》卷十《马后纪》:"前过濯龙门上,见外家问起居者,车如流水,马如游龙,仓头衣绿褠,领袖正白,顾视御者,不及远矣。"

④ 向晚:临晚,傍晚。

⑤ 通衢:大街。

⑥ 楚腰越艳:代指美女。楚腰,纤腰。越艳,越地的美女。

⑦ 舞袖飘雪:形容舞姿曼妙,舞袖轻扬,如雪花回旋。

⑧ "歌响"句:用响遏行云典。《列子·汤问》载:"薛谭学讴于秦青,未穷青之技,自谓尽之,遂辞归。秦青弗止,饯于郊衢,抚节悲歌,声振林木,响遏行云。薛谭乃谢求反,终身不敢言归。"

⑨ "愿长绳"句:希望把美好时光留住的意思。古代传说太阳中有三足乌,故云。

倾 杯

水乡天气,洒蒹葭、露结寒生早①。客馆更堪秋杪②。空阶下、木叶飘零,飒飒声乾,狂风乱扫。黯无绪、人静酒初醒,天外征鸿,知送谁家归信,穿云悲叫③。　　蛩响幽窗,鼠窥寒砚,一点银釭闲照④。梦枕频惊,愁衾半拥,万里归心悄悄。往事追思多少。赢得空使方寸挠⑤。断不成眠,此夜厌厌⑥,就中难晓。

注释

① "洒蒹葭"句:指秋霜气寒。《诗经·秦风·蒹葭》有"蒹葭苍苍,白露为霜"的诗句。

② 秋杪:秋末。

③ "天外"三句:《汉书》记载,苏武出使匈奴,被困于绝境牧羊。后来,汉与匈奴和好,汉使向匈奴索要苏武,谎称天子射猎时得雁足之书,知苏武未死,匈奴只得放苏武归汉。后诗词中常用鸿雁传书典。这里用征鸿穿云悲叫,寄托游子思归之情。

④ 银釭(gāng):银灯,灯的美称。

⑤ 方寸挠:心绪烦乱。方寸,心。

⑥ 厌厌:精神萎靡不振的样子。

辑评

　　清丁绍仪《听秋声馆词话》卷十四"词律分段之娱"条:《倾杯乐》……又一体,应于"穿云悲叫"句分段。

倾 杯

金风淡荡①,渐秋光老、清宵永。小院新晴天气,轻烟乍敛,皓月当轩练净②。对千里寒光,念幽期阻、当残景。早是多情多病。那堪细把,旧约前欢重省。　　最苦碧云信断,仙乡路杳,归鸿难倩③。每高歌、强遣离怀,奈惨咽、翻成心耿耿。漏残露冷。空赢得、悄悄无言,愁绪终难整④。又是立尽,梧桐碎影。

注释

① 金风:秋风。秋与五行相配则为金,故以金称秋。
② 练净:像洁白的匹练。这里形容月光皎洁。
③ "最苦"三句:指远离所欢,无法传递音信。碧云,借指远方或天边,寓遥远。仙乡,本指神仙居处,这里指所恋女子居所。归鸿,返回故地的大雁,雁为候鸟,每年按期返回故地。古诗词中多用鸿雁传书,喻指信使。参前一首《倾杯》(水乡天气)注③。这里用归鸿难倩,指无法借回归的大雁传递回家的消息。
④ 难整:难以整理,这里指思绪混乱,无法排遣。

辑评

宋胡仔《苕溪渔隐丛话》后集卷三八：苕溪渔隐曰：回仙于京师景德寺僧房壁上题诗云："明月斜，秋风冷，今夜故人来不来。教人立尽梧桐影。"相传此词自国初时即有之。柳耆卿词云："愁绪终难罄。人立尽，梧桐碎影。"用回仙语也。《古今词话》乃云：耆卿作《倾杯》"秋景"一阕，忽梦一妇人云："妾非今世人，曾作前诗，数百年无人称道，公能用之？"梦觉说其事，世传乃鬼谣也。此语怪诞，无可考据，并不曾见回仙留题，遂妄言耳。

清丁绍仪《听秋声馆词话》卷十四"词律分段之误"条：《倾杯乐》……又一体，应于"旧约前欢重省"句分段。

清沈雄《古今词话·词辨》上卷"明月余落日斜"条：《词统》曰：柳永闻妇人歌此曲云："明月斜，秋风冷。今夜故人来不来，教人立尽梧桐影。"传是女鬼作。后好事者李玉衍为《金缕曲》云："月落西楼凭栏久，依旧归期未定。又只恐瓶沉金井。嘶骑不来银烛暗，枉教人立尽梧桐影。"杨慎曰：藉此觉有身分。

倾　杯

鹜落霜洲，雁横烟渚，分明画出秋色。暮雨乍歇，小楫夜泊①，宿苇村山驿。何人月下临风处，起一声羌笛？离愁万绪，闻岸草、切切蛩音如织。为忆，芳容别后，水遥山远，何计凭鳞翼②。想绣阁深沉，争知憔悴损、天涯行客。楚峡云归，高阳人散③，寂寞狂踪迹。望京国④，空目断、远峰凝碧。

注释

① 小楫：小船。
② 鳞翼：代指鱼和雁。古时有鲤鱼、雁足传书的传说。
③ "楚峡"二句：谓佳人离去。战国宋玉《高唐赋》载：楚王游高唐，梦与神女欢会，临别时神女云："妾在巫山之阳，高丘之阻。旦为朝云，暮为行雨。朝朝暮暮，阳台之下。"
④ 京国：京师，京城，指宋代国都汴京。

辑评

　　清邹祗谟《远志斋词衷》"词体不可解"条：宋人诸体，亦有不可骤解者……又如柳屯田《乐章集》中，《倾杯》、《塞孤》、《祭天神》诸长调，俱不分换头。凡此等类，未易缕析。

　　清周济《宋四家词选眉批》：《倾杯乐》"木落霜洲"，依调"损"字当属下，依词"损"字当属上，此类甚多，后不更举。

　　清丁绍仪《听秋声馆词话》卷十四"词律分段之误"条：《倾杯乐》，应于"切切蛩音如织"句分段。

　　清谭献《谭评词辨》卷一：耆卿正锋，以当杜诗。"何人"二句,扶质立干。"想绣阁深沉"二句,忠厚悱恻,不愧大家。"楚峡云归"三句,宽处坦夷,正见家数。

俞陛云《唐五代两宋词选释》:"暮雨"二句音节极清峭。毛晋谓屯田词"音调谐婉,尤工于羁旅悲怨之辞",此作克副之。

蔡嵩云《柯亭词论》:柳词胜处,在气骨,不在字面。其写景处,远胜其抒情处。而章法大开大阖,为后起清真、梦窗诸家所取法,信为创调名家。如……《倾杯乐》"木(鹜)落霜洲"……写羁旅行役中秋景,均穷极工巧。

唐圭璋《唐宋词简释》:此首上片写景,下片抒情,脉络甚明,哀感甚深。起三句,点秋景,"暮雨"三句,记泊舟之时与地。"何人"二句,记闻笛生愁。"离愁"二句,添出草虫似织,更不堪闻。换头,"为忆"三句,述己之远别与信之难达。"想绣阁"三句,就对方设想,念人在外边之苦,语极凄恻。"楚峡"四句,念旧游如梦,欲寻无迹。末两句,以景结束,惆怅不尽。

鹤冲天

黄金榜上①。偶失龙头望②。明代暂遗贤,如何向③。未遂风云便④,争不恣狂荡⑤。何须论得丧。才子词人,自是白衣卿相⑥。　　烟花巷陌⑦,依约丹青屏障⑧。幸有意中人,堪寻芳。且恁偎红翠,风流事、平生畅。青春都一饷⑨。忍把浮名⑩,换了浅斟低唱。

注释

① 黄金榜:古代公布考试及第者名单的布告,为朝廷所为,故用黄纸放榜,遂被称黄金榜。

② 失龙头望:没有考中。唐宋人称及第状元为龙头,因为及第有功名即意味着致身荣显,得登龙廷(朝廷),而状元列于榜首,故称龙头。

③ "明代"二句:依词之平仄倒装,意思是圣明的时代怎么会暂时遗贤呢?向,语助词,无实意。

④ 风云便:风云际会,古人以为龙从云,虎从风,风云际会也就是龙虎相得。又以天子为龙,辅弼将领为虎,故以风云际会指君臣相得、彼此信任。

⑤ 争不:怎不。

⑥ 白衣卿相:布衣卿相,即没有卿相头衔的卿相。《唐摭言》:"进士科始于隋大业,盛于贞观。不由进士者谓之白衣公卿。"

⑦ 烟花:指妓女。

⑧ 丹青屏障:画着彩色图案的屏风。

⑨ 一饷:一会儿,形容时间很短。

⑩ 浮名:此处指功名。

辑评

宋吴曾《能改斋漫录》卷十六：仁宗留意儒雅，务本理道，深斥浮艳虚薄之文。初，进士柳三变，好为浮冶讴歌之曲，传播四方。尝有《鹤冲天》词云："忍把浮名，换了浅斟低唱。"及临轩放榜，特落之，曰："且去浅斟低唱，何要浮名！"景祐元年方及第，后改名永，方得磨勘转官。其词曰（略）……

清沈雄《古今词话·词话》上卷"柳永以词遭贬"条：《太平乐府》曰：柳永曲调传播四方，尝候榜，作《鹤冲天》词云："忍把浮名，换了浅斟低唱。"仁宗闻之曰："此人风前月下，浅斟低唱，好填词去。"柳永下第，自此词名益振。后以登第冀进用，适奏老人星现。左右令永作《醉蓬莱》以献云：（略）。仁宗一看"渐"字便不怿，至"此际宸游，凤辇何处"，却与挽真宗词意相合，为之怅然。再读"太液波翻"字，仁宗欲以"澄"字换"翻"字，投之于地。

清叶申芗《本事词》卷一"唐五代北宋"之"柳永《鹤冲天》"条：柳耆卿初名三变，与兄三接、三复齐名，时称柳氏三绝。偶因下第，戏赋《鹤冲天》云（略），此亦一时遣怀之作，都下盛传，至达宸听。时仁宗方深思儒雅，重斥浮华，闻之艴然。次举，柳即登第。至胪唱时，帝曰："此人好去浅斟低唱，何要浮名，且填词去。"柳因自称奉旨填词。迨景祐中，始复得第。改名后，方磨勘转官焉。

清徐钒《词苑萃编》卷之十一"柳永《鹤冲天》"条：仁宗留意儒雅，务本理道，深斥浮艳虚薄之文。初，进士柳三变好为淫冶曲调，传播四方。尝有《鹤冲天》词云："忍把浮名，换了浅斟低唱。"及临轩放榜,特落之曰:"此人风前月下,好去浅斟低唱,何要浮名,且填词去。"三变由此自称奉旨填词。景祐为中方及第,后改名永,方得磨勘转官。

木兰花

翦裁用尽春工意。浅蘸朝霞千万蕊。天然淡泞好精神①,洗尽严妆方见媚。　　风亭月榭闲相倚。紫玉枝梢红蜡蒂②。假饶花落未消愁③,煮酒杯盘催结子。

注释

① 淡泞:浅淡清澄。
② 红蜡:喻指杏花。
③ 假饶:假如。

木兰花

东风催露千娇面。欲绽红深开处浅。日高梳洗甚时忺①，点滴燕脂匀未遍②。　霏微雨罢残阳院③。洗出都城新锦段。美人纤手摘芳枝，插在钗头和凤颤。

注释

① 时忺(xiān)：时鲜，时兴。忺，高兴，适意。
② 燕脂：即燕支，今通作胭脂。《古今注》："燕支，西方土人以染红，中国人谓之红兰，以染粉为妇人面色，名燕支粉，亦作焉支。"
③ 霏微：轻霏，轻雾。

木兰花

黄金万缕风牵细。寒食初头春有味①。殢烟尤雨索春饶②，一日三眠夸得意。　章街隋岸欢游地③。高拂楼台低映水。楚王空待学风流，饿损宫腰终不似④。

注释

① 寒食：即寒食节，在清明前一两日。《荆楚岁时记》："去冬节

(即冬至)一百五日即有疾风甚雨,谓之寒食禁火。"
② 索春饶:求增添春色。饶,添。
③ 章街隋岸:章台街与隋堤岸,皆以植柳著名,故云。章台,汉长安有章台街,是当时妓女聚居处。后人常用来代指游冶之地。唐时有柳氏妓与诗人韩翃交往生情,韩翃曾咏"章台柳"以寄意。隋岸,《扬州府志》载,隋炀帝开邗沟入江,旁筑御河,植以杨柳,谓之隋堤。
④ "楚王"二句:用楚宫细腰典。《后汉书·马廖传》载:"楚王好细腰,宫中多饿死。"

倾杯乐

楼锁轻烟①,水横斜照,遥山半隐愁碧②。片帆岸远,行客路杳,簇一天寒色。楚梅映雪数枝艳,报青春消息。年华梦促,音信断、声远飞鸿南北③。　　算伊别来无绪,翠消红减,双带长抛掷④。但泪眼沉迷,看朱成碧⑤。惹闲愁堆积。雨意云情,酒心花态,孤负高阳客⑥。梦难极⑦。和梦也、多时间隔。

注释

① 楼锁轻烟:意思是轻雾将楼宇掩盖住了。

② 愁碧:碧绿的颜色似含有愁情。

③ "音信断"句:指彼此失去联系,鸿雁南来北往,都无法寄情。古人有雁足传书的说法,故云。

④ 双带:此处指衣带。

⑤ 看朱成碧:把红颜色看成了碧绿色,意思是泪眼婆娑,以至于视物不明。

⑥ "雨意云情"三句:用巫山神女与楚王欢会典。战国宋玉《高唐赋》载:楚王游高唐,梦与神女欢会,临别时神女云:"妾在巫山之阳,高丘之阻。旦为朝云,暮为行雨。朝朝暮暮,阳台之下。"酒心花态,恋酒迷花的心态,即对醇酒美人的思恋之情。高阳客,此指追欢的男子。

⑦ 梦难极:难得梦到。

祭天神

忆绣衾相向轻轻语。屏山掩、红蜡长明①,金兽盛熏兰炷②。何期到此,酒态花情顿辜负③。柔肠断、还是黄昏,那更满庭风雨④。　　听空阶和漏,碎声斗滴愁眉聚⑤。算伊还共谁人，争知此冤苦。念千里烟波，迢迢前约，旧欢慵省⑥，一向心无绪。

注释

① 屏山：绘有山水图案的屏风。
② 金兽：兽形的香炉。
③ 酒态花情：痴恋美酒佳人的心情。
④ 那更：哪更，哪里还能再加上。更，再加上。
⑤ 碎声斗滴：滴雨的声音和夜漏的嘀嗒声彼此呼应。斗滴，指房外的雨声与室内的漏声此起彼落，似有意相互争斗。
⑥ "念千里"三句：依语意应点逗为："念千里烟波迢迢，前约旧欢慵省。"因按词谱节奏改成现在的句读。

辑评

清邹祗谟《远志斋词衷》：宋人诸体，亦有不可骤解者，如……又如柳屯田《乐章集》中，《倾杯》、《寒孤》、《祭天神》诸长调，俱不分换头。凡此等类，未易缕析。

清丁绍仪《听秋声馆词话》卷十四"词律分段之误"条：调中换头句扼一篇之要，故分段不容稍混。乃《词律》有不知旧本之误，而误分未分者，亦有明知其误而未经订正者。如……《祭天神》，应于"那更满庭风雨"句分段。

鹧鸪天

吹破残烟入夜风。一轩明月上帘栊①。因惊路远人还远,纵得心同寝未同。　　情脉脉②,意忡忡③。碧云归去认无踪④。只应曾向前生里,爱把鸳鸯两处笼⑤。

注释

① 帘栊(lóng):即帘笼,窗帘或窗牖。泛指门窗的帘子。
② 脉脉:含情欲吐的样子。《古诗十九首·迢迢牵牛星》:"盈盈一水间,脉脉不得语。"
③ 忡忡:忧愁之状。
④ 碧云:青云。这里用宋玉《高唐赋》楚王与巫山神女欢会典,指所恋女子分别之后,无法再寻其踪迹。
⑤ 鸳鸯两处笼:喻指将有情人拆散两地,使其难成眷属的意思。

归去来

一夜狂风雨。花英坠、碎红无数。垂杨漫结黄金缕①。尽春残、萦不住。　　蝶飞蜂散知何处。殢尊酒②、转添愁绪。多情不惯相思苦。休惆怅、好归去。

注释

① "垂杨"句:指杨树刚开始发芽,其叶嫩黄,缕缕下垂,如缕缕黄金。
② 殢尊酒:醉酒,困于酒。

梁州令

梦觉纱窗晓。残灯暗然空照。因思人事苦萦牵①,离愁别恨,无限何时了②。　　怜深定是心肠小③。往往成烦恼。一生惆怅情多少。月不长圆,春色易为老。

注释

① 人事:这里是指男女相思的情事。
② "离愁"二句:正常语序应该是:无限离愁别恨何时了,因受词律限制倒装。
③ 心肠小:指心事很细。

辑评

清丁绍仪《听秋声馆词话》卷十四"词律分段之误"条:《梁州令》应于"离愁别恨,无限何时了"句分段。

燕归梁

轻蹑罗鞋掩绛绡①。传音耗、若相招。语声犹颤不成娇。乍得见、两魂消②。　　匆匆草草难留恋,还归去、又无聊。若谐雨夕与云朝③。得似个、有嚣嚣④。

注释

① "轻蹑"句:放轻步履,将绛绡衣裳掩起来。这里是描写女子与所欢幽会,因为怕引起外人注意而将动作和明艳的衣裳掩藏起来的情状。
② 两魂消:两两魂消,即两人都得以销魂。
③ 雨夕与云朝:用宋玉《高唐赋》典,指男女欢爱。战国宋玉《高唐赋》载:楚王游高唐,梦与神女欢会,临别时神女云:"妾在巫山之阳,高丘之阻。旦为朝云,暮为行雨。朝朝暮暮,阳台之下。"
④ 嚣(xiāo)嚣:自得、不在乎的样子。

夜半乐

艳阳天气，烟细风暖，芳郊澄朗闲凝伫。渐妆点亭台，参差佳树。舞腰困力，垂杨绿映，浅桃浓李夭夭①，嫩红无数。度绮燕、流莺斗双语②。　　翠娥南陌簇簇，蹑影红阴，缓移娇步。抬粉面、韶容花光相妒。绛绡袖举。云鬟风颤，半遮檀口含羞③，背人偷顾。竞斗草、金钗笑争赌④。　　对此嘉景，顿觉消凝，惹成愁绪。念解佩、轻盈在何处⑤。忍良时、孤负少年等闲度。空望极、回首斜阳暮。叹浪萍风梗知何去⑥。

注释

① 夭夭：姣好的样子。《诗经·周南·桃夭》："桃之夭夭，灼灼其华。"
② 斗双语：双双相对而语。
③ 檀口：朱唇。
④ 斗草：古代一种游戏。南朝梁宗懔《荆楚岁时记》："五月五日，四民并踏百草，又有斗百草之戏。"唐宋时斗草在二、三月，即本词开头所说的"艳阳天气，烟细风暖"时。
⑤ 解佩：用郑交甫邂逅江妃二女典，指所恋女子以信物相赠。

《列仙传》记,郑交甫游江汉,江妃二女见而悦之,手解玉佩与交甫。

⑥ 浪萍风梗:水中之萍,风中之梗,喻指行踪无定。

辑评

清丁绍仪《听秋声馆词话》卷十四"词律分段之误"条:《夜半乐》,应于"流莺度双语"及"金钗笑争赌"句分段。

迷神引

红板桥头秋光暮。淡月映烟方煦①。寒溪蘸碧②,绕垂杨路。重分飞,携纤手、泪如雨。波急隋堤远③,片帆举。倏忽年华改④,向期阻。　时觉春残,渐渐飘花絮⑤。好夕良天长辜负。洞房闲掩,小屏空、无心觑。指归云,仙乡杳、在何处⑥。遥夜香衾暖,算谁与。知他深深约,记得否。

注释

① 煦:和暖。

② 蘸碧:蘸碧空,濡染碧空。这里指溪流中倒映出天空的影像。
③ 隋堤:《扬州府志》载,隋炀帝开邗沟入江,旁筑御河,植以杨柳,谓之隋堤。这里泛指植有杨柳的堤岸。
④ 倏忽:时间很短。
⑤ 花絮:这里指柳絮。
⑥ "指归云"二句:指无法追寻所恋女子的踪迹。归云,用宋玉《高唐赋》巫山神女朝云暮雨典,喻指所恋女子。仙乡,喻指所恋女子居处。

爪茉莉

每到秋来,转添甚况味。金风动、冷清清地①。残蝉噪晚,甚聒得、人心欲碎。更休道、宋玉多悲②,石人、也须下泪③。　衾寒枕冷,夜迢迢、更无寐。深院静、月明风细。巴巴望晓④,怎生捱、更迢递。料我儿、只在枕头根底⑤,等人来、睡梦里。

注释

① 金风:秋风。
② 宋玉多悲:用宋玉悲秋典。宋玉《九辩》首句即云:"悲哉,秋

之为气也!"故云。

③ 石人:石头人,没有感情的人。

④ 巴巴:眼巴巴地,形容急切盼望。

⑤ 我儿:"我的可心人儿"之略,是对意中人的昵称。

辑评

清沈谦《填词杂说》:柳屯田"每到秋来"一曲,极孤眠之苦。予尝宿御儿客舍,倚枕自歌,能移我情,不知文之工拙也。

清冯金伯《词苑萃编》卷二《旨趣》:耆卿"残蝉向晚,聒得人心欲碎",是写闺中秋怨也。梁棠村"疏灯薄暮,又一声归雁,飞来平楚",是写闺中春怨也。各自极其情致。

十二时

晚晴初,淡烟笼月,风透蟾光如洗①。觉翠帐、凉生秋思。渐入微寒天气。败叶敲窗,西风满院,睡不成还起。更漏咽、滴破忧心②,万感并生,都在离人愁耳。　天怎知、当时一句,做得十分萦系。夜永有时,分明枕上,觑着孜孜地③。烛暗时酒醒,元来又是梦里。　睡觉来、披衣独坐,万种无憀情

《十二时》（晚晴初）

意④。怎得伊来，重谐云雨⑤，再整余香被。祝告天发愿，从今永无抛弃。

注释

① 蟾光：即月光。古代传说月中有大蟾蜍，故称。
② 更漏咽：更漏似乎在鸣咽。
③ 孜孜：接连不断，这里指深情款款。
④ 无憀：无聊。
⑤ 云雨：用宋玉《高唐赋》巫山神女与楚王欢会典，指男女欢爱。

红窗迥

小园东，花共柳。红紫又一齐开了。引将蜂蝶燕和莺，成阵价、忙忙走①。　　花心偏向蜂儿有。莺共燕、吃他拖逗②。蜂儿却入、花里藏身，胡蝶儿、你且退后。

注释

① 成阵价：组成一阵一阵的样子。价，语助词，无实意。
② 吃他拖逗：被它吸引。他，今写作"它"，指蜂。拖逗，挑逗，逗引。

凤凰阁

匆匆相见,懊恼恩情太薄。霎时云雨人抛却①。教我行思坐想,肌肤如削②。恨只恨、相违旧约。相思成病,那更潇潇雨落③。断肠人在阑干角④。山远水远人远,音信难托。这滋味、黄昏又恶。

注释

① 云雨:用宋玉《高唐赋》巫山神女与楚王欢会典,指男女欢爱。
② 肌肤如削:指日渐消瘦。
③ 那更:哪更,哪里能再加上。承受不起的意思。
④ 阑干角:栏杆边。角,角落。

西江月

师师生得艳冶①,香香与我情多。安安那更久比和。四个打成一个。　　幸自苍皇未款②,新词写处多磨。几回扯了又重挼③。姦字中心着我。

注释

① 师师:与下面的"香香"、"安安",都是与词人相好的妓女名。《古今小说·众名姬春风吊柳七》中称:师师姓陈,香香姓赵,安安作"徐冬冬",都是当时东京名妓。但小说家言,未必可信。

② "幸自"句:自我庆幸仓促之间没有(给"新词")落款。

③ 挼(ruó):搓揉。

西江月

调笑师师最惯,香香暗地情多。冬冬与我煞脾和,独自窝盘三个①。　　管字下边无分②,闭字加点如何③,权将好字自停那④,姦字中间着我。

注释

① 窝盘:这里是狎昵的意思。

② "管字"句:指无缘官场。管字下边为"官"字。

③ 闭字加点:即"闲"字。

④ 好字自停那:把"好"字挪开来写,即"女子"二字。那,即挪。

如梦令

郊外绿阴千里①。掩映红裙十队②。惜别语方长,车马催人速去。偷泪。偷泪。那得分身应你③。

注释

① 郊外:这里指京城郊外。

② 红裙:代指美女。

③ 那得:哪得。哪里顾得上。